後宮の木蘭

朝田小夏

角川文庫
22340

目次

序

「約束ね、次に会った時はお嫁さんにするって」

日だまりの庭園で垂らし髪の少女が言った。色白の細面に輝く瞳《ひとみ》は黒曜石の光を放つ。赤く染めた頰が愛らしい。

「ああ。約束するよ、木蘭《もくらん》」

少年が、上品な顔立ちを微笑ませて答えると、指にしていた金の指輪を彼女の手のひらに載せた。

「ほら」

木蘭と呼ばれた童女は長い睫毛《まつげ》を瞬《まばた》かせてそれを見る。

「これは？」

「約束の証《あかし》だよ」

木蘭は指輪をしばし見つめた後、ぎゅっと握り締めて言った。

「ありがとう、劉覇《りゅうは》さま。大切にする」

木漏れ日が童女の頰で燦《きら》めき、少年がはにかんだ。

それは、生まれながらの許婚《いいなずけ》である二人が初めて会った日のこと。

木蘭が九つ、劉覇が十四の時のことだ。

「木蘭が十八歳になったら迎えに行くよ」

「うん」

離れても巡り会う。

それを人は縁と呼ぶ――。

第一章　宮女木蘭

1

蒼天《そうてん》に雲が横たわる長安《ちょうあん》の初夏——。

一人の娘が、光を弾《はじ》く水たまりを跳び越えた。

商人が西方から連れてきた駱駝《らくだ》が、それに驚いて嘶《いなな》くも、彼女はその脇を潜って、人通りの多い市の通りを駆け抜ける。

野菜を売る露店や、珍しい絹を扱う店を素通りし、鶏が鳴き、食べ物の匂いがしない南の地区へと向かう。時折、行き交う人と肩が触れ合うも、いちいち謝らないのが長安流だ。

「お待ちください、木蘭さま……置いていかないでくださいまし」

侍女が背で息をして止めたが、十八歳の黎《れい》木蘭を止めることはできない。

「早く、早く」

一つにまとめた長く美しい髪を棚引かせて、紅潮した頬を緩ませると、一軒の立派な店構えの前で足を止める。

剣を扱う店だ。

軍で正式に使う武器も扱うこの店の奥には、ずらりと一流の剣が並ぶ。

「これは、これは黎家のお嬢さまではありませんか」

見知った店主が丁寧に拱手《きょうしゅ》して頭を下げた。

「どうぞ、中もご覧になっていってくださいませ。新しいものが、いくつか入っております。二百年も前の銅剣などもございますよ」

建国以来の名門武家の娘である木蘭は、剣を嗜《たしな》む。ゆっくりと見ていきたいところではあったが、今日はお目当ての古剣がまだ売れていないことを確認するだけで充分だった。

装飾の美しい骨董《こっとう》の剣は値が張るので、なかなか木蘭の小遣いでは手が出ない。剣を目に焼き付けると、店主ににこりと微笑む。

「ごめんなさい。今日はお姉さまから文が届く日だから、また今度来ます。ありがとう」

背筋が伸びたすらりとした背は、女にしてはわずかに長身だ。しかし長い手足で均整がよくとれている。

顔は、輪郭がほっそりとし、二重の大きな双眸《そうぼう》が印象的である。

ふっくらとした唇は化粧せずとも赤い。皓歯《こうし》の美しい凛《りん》とした佇《たたず》まいは、長安でも有名な美人だ。

とはいえ、男勝りな本人は、自分の容姿よりも、剣や弓の方に関心があり、市に来ても白粉《おしろい》や紅などに食指を動かさず、剣や馬などを見るのを好む。

「最後に本屋にも行きたいの」

「本屋ですか。先日も買われたではありませんか」

「別の本よ、お姉さまが読みたがっていたものよ」

「後宮での暮らしは大変でしょうから、お慰めするものを贈られるのは、よい考えでございますね、お嬢さま」

やっと追いついた侍女は、初めは渋い顔をするも、後宮で側室として過ごす姉のためだと聞くと、態度を和らげた。一人、皇宮の城壁の向こうで苦労している姉を邸《やしき》の皆が案じているからだ。

木蘭はにっこりとすると、仲良しの侍女の手を引いて、通りを渡る。

白髭《しらひげ》の本屋の店主は、木蘭を見ると頼んでおいた詩集をすぐに取り出してくれた。竹簡で五巻あり、大変高価なものだが、目を通したら、丁寧に帛《きぬ》に書き写して文の返事と一緒に姉に贈ろうと思っているのだ。

一巻、一巻を木綿の袋に入れてもらうと、木蘭はそれを胸にしっかりと抱える。侍女が持つと言ったが、手放さなかった。

「早く帰りましょう」

前を向けば、巨大な宮殿の連なる長安城が見えた。高い塀に閉ざされた向こうで、甍《いらか》が銀色に光り、黒漆を塗った建物を白い鳥の群が飛び立って行く――。

「お母さまがまた心配するわ、帰りましょう」

木蘭は姉のいる宮殿に背を向けた。


「文がまた届いていない？」

木蘭は、家に着くとまず姉からの文がないか、家人に尋ねた。しかし期待を裏切り、なにも後宮から届いていないという。

毎月朔《ついたち》の日に文を送ってくる姉の秋菊《しゅうぎく》からの文が途絶えて三月。

柔らかだった陽も今や濃い陰影を作り、じっとりと蒸す暑さとなった。今日こそは送られてくると木蘭は思っていた。

木蘭は、最後に姉が寄《よ》こした文をもう一度撫《な》でると、誕生日の贈り物だと言って届いた銀の短剣を抜いた。

――綺麗《きれい》。

姉のことを案じて、木蘭は、日に何度もその剣身《けんしん》を見つめるが、いつも違う輝きを放つように感じるのは気のせいだろうか。剣にはお守りの意味なのか、「我、死しても天に背かず」と刻まれている。姉が記させたに違いなかった。

――どこから来たのかしら。

西域に遠征に行ったことのある父、黎史成《れいしせい》によれば、この剣は、異族の大月氏《だいげつし》や、大宛《フェルガナ》よりずっと西の国から駱駝に乗ってこの長安にたどり着いたものなのではないかとのことだった。

ただし、剣身は西方のものでも、鞘《さや》は後から作ったようで、同じく銀ではあるが、この国の獣文が施されている。錆《さ》びないように、まめに手入れをしないといけない代物で、木蘭は三日にあげず磨いていた。

「木蘭はいるか」

声がして、剣を鞘に戻せば、戸口に父の姿があった。黒髭に武人らしい太い眉《まゆ》、厳格そうな瞳《ひとみ》。背は高くはないが、がっちりとした肩は日々体を鍛えている証拠だ。

「お父さま」

「少し磬《けい》と出かけてくる」

「こんな夜遅くに、お兄さまとどちらに行かれるのですか」

「秋菊になにかあったのかもしれない。後宮につながりのある方がいるから、様子を探ってもらえないか、頼みに行って来ようと思う」

「どなたかツテがあるのですか」

「前の少府《しょうふ》であった方に助力をお願いしてみようと思っている」

「それはよい考えです、お父さま」

父が、ちらりと木蘭の持っている銀剣を見た。

「秋菊からの剣だな」

「そうです」

長らく異族討伐に遠征していた父は、今は九卿《きゅうけい》の一人に数えられる重臣で、宮廷の警備を任されている光禄勲《こうろくくん》である。普段、武人らしい険しい顔つきをしているが、こと秋菊のこととなると悲しげな目をする。

「お母さまはご一緒しないのですか？」

「秋菊が心配で心の臓が痛むようだ。見舞ってやってくれ。今もご先祖さまに秋菊の無事をお祈りしている」

「はい。お父さま、あとで挨拶《あいさつ》に行ってきます」

木蘭は父を庭まで見送ると、母屋へと急いだ。

姉の秋菊は、十五の時、後宮入りし、その美貌《びぼう》で皇帝に見初められて、良人《りょうじん》という位を賜って、宮殿も与えられている。

筆まめな質《たち》で、この五年というもの、一度もかかさず近況をしたためて送ってきたのに、それが途絶えるとは、何かあったとしか考えられなかった。

「病気などではないといいのだけど」

木蘭は空を望んだ。

赤い月が夜空に傾いている。

コウモリの群がそれを横切って行き、門の向こうで馬車が動き出す音がした。

静かな夜だった。

普段ならこの時分は仕事帰りの官吏が、いい気分で飲み屋へと出かけていくので、人の往来は多いというのに、今日は月が天を翔《かけ》る音が聞こえてきそうだ。

木蘭は、自室を出ると、まず父の書斎に行った。

手燭《しゅしょく》で照らすのは、牛の皮を剝《は》いでつくった大地図。父が遠征するたびに持って行ったもので、それは漢《かん》軍とともに沙漠《さばく》さえも越えた。端が黒ずんでいるのは、血のせいだろうか。木蘭は、指先を西へと動かす。

匈奴《きょうど》があり、烏孫《うそん》がある。大宛は、漢から真西にあたり、良質の馬の産地と知られる。その南西に大月氏、更に数千里行ったところに安息《パルティア》という国がある。大夏《バクトリア》という国は、大宛の西南──。

木蘭は地図をなぞる指を止めた。

「銀剣はどこから来たのかしら」

父が帰ったら聞いてみようと木蘭は思った。もしかしたら安息よりも西にも国があるのかもしれない。

「お嬢さま」

しかし、戸を叩《たた》く音がして侍女が顔を出す。

「奥さまがお呼びです」

「分かったわ」

木蘭は、地図から離れた。

「お母さま」

母は祖先の位牌《いはい》が並ぶ母屋で線香を捧《ささ》げていた。

「木蘭、あなたも一緒に秋菊の無事を祈ってちょうだい。心配でならないわ」

青銅の鼎《かなえ》から線香の煙が揺らぎ、祖父母を描いた絵に手を合わせれば、黎家自慢のしっかり者の姉が、無事でないはずがないという気がしてきた。

姉は一族の中でも聡明《そうめい》で美しく、期待の女性だ。礼儀正しく、楽《がく》にも優れている。面倒な問題を回避する知恵もある。

「よろしいでしょうか、奥さま」

そこに秋菊から文が届いたと侍女が持って来た。

母ははっと明るい顔をしてそれを広げ、しばらく食い入るように文面を見つめていたが、すぐに顔を曇らせる。木蘭は脇から、それを覗《のぞ》き込んだ。

『お元気ですか、お父さま、お母さま。わたくしは元気にしております。皆さまはどうお過ごしですか』

読み上げた木蘭に、母は文を指さす。

「秋菊の文字ではないわ。よく似せてあるけれど違う」

「え？　どういうことですか」

「木蘭、よく見てちょうだい」

言われてみれば、そんな気がした。腹を痛めた我が子のことはなんでもお見通しだという母の勘は正しいかもしれない。そもそも姉は「お父さま、お母さま」ではなく「父上、母上」と両親を呼ぶだけでなく、もっと生き生きとした文字を書く。

「確かに字や文面が、少し違うような気がわたしもします、お母さま」

「きっと秋菊の身になにかあったのだわ。だから秋菊は、誰かに代筆を頼んだのかもしれない」

木蘭は頷《うなず》いた。文はさらにこう綴《つづ》られている。

『こちらは、なにも変わりがありませんので、どうぞご心配にならないでください。皆さまお健やかにお過ごしくださいませ。秋菊』

木蘭は震える母を抱きしめた。嫌な予感がする。自分で文が書けないほどの病気になっているのか、あるいは皇帝のお怒りでも被って、罰を受けているのか――。木蘭も心配でたまらなくなった。その時――。

「開門！　開門！」

突然、男の大声が表の方から聞こえた。父が家を出てまだ間もない。戻るにはいささか早すぎる。誰がこんな夜遅くに来たのだろうかと、顔を上げた木蘭に母が言う。

「ちょっと様子を見てきてちょうだい」

「はい、お母さま」

「お客さまなら、わたくしは会えないわ。とてもそんな気分ではないの」

「分かりました」

木蘭は、急《せ》かされて門の様子を見に走り出した。すでに門前には家人が集まって、真っ青な顔で互いに言い合っていた。

「どうしたの？」

木蘭は侍女の一人を捕まえた。

「だ、旦那《だんな》さまと若様が……」

木蘭は、血の気が引いた。まさか――。

人垣をかき分けて行けば、父と兄が運び込まれたところだった。後ろから兄嫁の悲鳴が聞こえ、早く医者を呼んでちょうだいと叫んでいた。

木蘭は、前庭に寝かされた二人の血に染まった体を見て小刻みに震えた。一歩近づき、震える己の手を握り締める。頭の中は混乱し、心臓ばかりがドクドクと音を立てた。

――嘘……。

二人の髻《もとどり》は乱れ、衣は何かに引きちぎられて、ぴくりともしない。木蘭は立ち尽くした。

「一体、どうして――」

そこへ護衛の男の一人が抱えられて連れてこられた。

「獣です。獣が急に襲って来て――馬車を襲ったのでございます」

「そんなことって――」

都の真ん中で獣など信じられない。誰かに嘘だと木蘭は言って欲しかった。

「本当です。人の形をしている獣です。怪力で馬車を破壊し、他にも護衛五名がやられました」

「お願いよ、お母さまをすぐに呼んで来て」

木蘭は言葉を絞り出して言った。

「かしこまりました」

父と兄の体には血の気がなかった。母が縫ったばかりの二人の深衣《しんい》が真っ赤に濡《ぬ》れ、腕は強《こわ》ばったまま動かない。

兄はもう瞳《ひとみ》を天に向けたまま口を開け、微動だにしなかった。剣を抜く間もなかったのか、二人の剣は鞘《さや》にしっかりと納まったままだ。

木蘭は、こみ上げる嗚咽《おえつ》の声を両手で押さえると、父の横に膝《ひざ》をつく。胸がはち切れそうなくらいの鼓動と、手足の震えを止めることができない。

「お父さま、お兄さま……」

父の息はわずかにあって、木蘭がその手をきつく握るとうっすらと目を開けた。父は視界に入ったのが、木蘭だと知ると、血に染まった唇でなにかを言った。

「なに？　なんて言ったのですか、お父さま」

すると、父は木蘭の手をしっかりと握り返し、血を口から垂らしながら言った。

「秋菊の、こと、を、頼んだ、ぞ」

今度は、木蘭の耳にもはっきりと聞こえた。頷けば、こわばった瞳をわずかに和らげ、黎史成はまぶたを閉じることも忘れて事切れた。

「お父さま！」

声をかけたが返事がない。

揺すぶっても動かない。

二人の瞳は絶望を宿して天を見ていた。

一体、どんな獣が父と兄をこんな風にしたのだろう。

木蘭は、父の頬に零《こぼ》れる涙を拭《ぬぐ》う。ぬくもりのある体は、生きているようなのに、握った手のひらはもう動かず、力なくそれは木蘭の手から零れ、地面に落ちた。

「あなた……磬……」

「お母さま……」

立ち尽くす母の瞳からはぽたぽたと涙が零れ、兄嫁は、幼子を抱きしめたまま、兄の体に取りすがった。幼子は訳が分からず泣き出して、兄嫁の哭《こく》する声と一緒に谺《こだま》する。

胸の底から湧き上がるような悲しみが、止めどなく彼女を襲う。木蘭は、嗚呼《ああ》と息を吐いて思った。

父と兄は死んだのだ――。

胸が軋《きし》んで、心がばらばらになった。

散らばる壊れた心の欠片《かけら》をどうすることもできずに、木蘭は、座り込んでいた。

そして木蘭は見たのだ。

二人の遺体の首筋に牙《きば》の痕《あと》がしっかりと刻まれているのを。

「獣の仕業……」

門の前にいた人に似た化け物が赤い瞳をこちらに向け、闇の中に消えたことに木蘭は気づかなかった。

黎家の葬儀が終わったのはその数日後のことである。

高名な道士を招き、丁寧な葬儀を行い、多くの弔問客が白く飾り付けられた黎家を訪れた。白い絹でできた旗を立て、鼓《こ》を鳴らしながら行列を組んで街を練り歩き、祖先が眠る故地に無事、棺《ひつぎ》が眠ったのはつい先ほどのこと。

しかし、木蘭の中では何も終わっていなかった。

西域の異族との戦で百戦錬磨の武将だった父と兄を殺した「獣」が捕らえられていないからだ。

それなのに、役人は詳しいいきさつを聞きに来ることもなかった。それどころか、巫蠱《のろい》による幻想の獣が、二人を殺したのではないか、などという噂がどこからか広まり、それについて調べているらしい。

「くだらなすぎる」

木蘭は噂で更に傷ついた。

抜け殻のような体を引きずって、振る舞い酒に酔う親戚《しんせき》に頭を下げていると、従姉《いと》妹《こ》たちが数人で現れた。

普段、意地悪な彼女たちだが、さすがに今日はしとやかに悔やみの言葉を述べ、突然の別れを惜しんでくれた。ただ、一番下のこましゃくれた十四歳の従妹《いとこ》、飛華《ひか》が、木蘭の袖《そで》を引く。

「木蘭さま、秋菊さまが亡くなっているかもしれないっていう噂は本当？」

従姉《いとこ》が、

「止めなさいよ」と止めたが、戸惑う木蘭に更に言う。

「宮女の募集があるのは知っているでしょう？　わたくしも申し込もうと思っていたのだけど、秋菊さまの助けが得られないなら、今回は見送りなさいとお父さまが言うの。がっかりだわ。もっと早くに申し込めばよかった。亡くなってからでは遅いもの」

縁故があれば、後宮で出世争いを生き抜くことも容易だ。勝手に姉を死んでいるように言ったばかりか、姉を利用しようとしている飛華を木蘭は不快に思ったが、ふと、真顔に戻る。

「宮女を募集するっていうのは本当なの？」

「ええ。今回は下級宮女の募集らしいわ。でも、良人の位にいる秋菊さまの後押しさえあれば、下級宮女からだって側室たちが住むっていう掖庭殿《えきていでん》に入ることができたはずだわ」

「飛華、ありがとう」

「え？　なにが？」

「宮女募集を教えてくれたことよ！」

木蘭は、ここ数日で初めて頬を緩ませた。まだ笑顔とまではいかないが、わずかな希望がわくのを感じた。麻の白い衣のまま、話を聞いたその足で街の掲示板まで行くと、確かに「十三から二十歳の容姿端麗、人相のかなった」宮女を募集すると書かれている。木蘭は、何度もその文字を読み返すと、大急ぎで邸《やしき》に帰った。

「お母さま！」

祭壇の前にいた母は、あまりの大声に線香を落としそうになった。

「なんですか、木蘭。葬儀の後なのですから、そんなに大きな声を出すものではありません。お父さまもびっくりなさいますよ」

「わたし、宮女になります！」

木蘭は、これ以上ないくらい良い案だと思って言った。しかし、母は眉を寄せる。

「宮女。なにを馬鹿なことを言っているのですか。まだ喪中ですよ」

「お姉さまの様子を知るにはそれしか方法がありません。そうでしょう？　わたしに任せてください」

姉のことを後宮にツテのある人たちに改めて頼み、調べてもらったが、何も分からなかった。それしか方法がないのに、母は大きく首を横に振る。

「いけません、父上と磬が亡くなり、あなたまで何かあったら、ご先祖さまに申し訳が立ちません」

「では、お姉さまのことをほうっておくというのですか」

「そういうわけではありません……時を待ちなさい」

「お母さま、お父さまは、わたしに『秋菊のことを頼んだぞ』と最期におっしゃいました。わたしはその言葉を守らなければなりません。そうでしょう？」

「なりません、木蘭」

「お母さま」

「なりませんと言ったら、なりません。馬鹿な考えは捨てて、明日《あした》の準備をしなさい。明日も弔問客がたくさんいらっしゃるのですよ」

木蘭は母の喪服の袖を揺らしたが、同意してくれることはなかった。しかし、木蘭の心はもう決まっていた。宮女になって後宮に潜入するのだ。

2

木蘭は、「葬儀の疲れが出た」と言って、翌日、部屋から一歩も出ないふりをした。

本当は、罰当たりにも白い喪服を脱いで、少々くたびれた若草色の綿で出来た普段着を取り出して着ると、大事な銀剣と、生まれながらの許婚《いいなずけ》、劉覇から贈られた金の指輪を手に、窓を跳び越えた。机には一通の文。「お母さま、心配しないでください。必ずお姉さまを見つけます　木蘭」とだけ書き残す。

「必ず、戻ってきます」

木蘭は一度だけ、自邸を振り返った。

喪中の白い飾りはまだ門と塀に飾られていて、どこか沈痛な趣が邸全体から醸し出されている。木蘭は、こんな時、一家を支えられるのは、傷心の母でも幼子のいる義理の姉でもなく、今や自分しかいないと思っていた。

「お姉さまの音信不通は、奇妙過ぎるわ」

病気なら医官から話が漏れるだろうし、罰を受けているのなら、そう連絡してくればいいことだ。なのに、偽の文を送って隠しているのは、おかしいとしか思えなかった。

そして木蘭は、ふと気づく。

身分証はあるが、推薦状がない。

木蘭は字が書けるから、適当な田舎の豪族の名前を書いて渡せばいいとも思ったが、筆跡でばれてしまうだろう。

「よし！」

木蘭は慣れた市の裏通りへと足を向けた。

そこは、薄汚く、汚物の臭いがあちこちからする場所だった。うつろな顔の老人が、恨み言をぼそぼそといい、息絶えそうな女が道に横になっている。

「たしか、こっちだわ」

キョロキョロしていた木蘭は、路地のさらに奥に足を踏み入れる。

一軒の間口の狭いその店は、昼でも薄暗いため、目が慣れるまで古着屋とは分からない。古着特有の臭いがして、顔をしかめると、売り子の少女が出てきた。

「いらっしゃいませ。なにかお探しですか」

「店主はいらっしゃる？」

「はい。少々お待ちを」

呼ばれて奥から出てきたのは、警戒心の強そうな小柄で痩《や》せた中年の男で、値踏みするように瞳《ひとみ》を上下させて木蘭を見た。

いつもの木蘭だったら、短気を起こす無礼な態度だが、今日はそれどころではない。

「なにかご用でしょうか、お嬢さま」

「今日、宮女の募集があるんです。適当な推薦状が欲しいのですが頼めますか」

「はて、なんのことやら」

店主はとぼけて天井を見る。

「以前もここに来たことがあります。前回は、使用人の身分証を作ってもらいたくてお願いしたのですが、覚えていませんか」

すると、男は人差し指を上下させた。木蘭のことを思い出したようだ。

「ああ、あの時のお嬢さまか。たしか使用人の息子の兵役逃れのための書類を作ったんでしたな」

「ええ……まあ、そうです」

病気で寝たきりの息子を持つ侍女のたっての頼みに木蘭は小遣いをはたいたことがあるのだ。一部の軍では人さらいと言ってもいい強制的な徴兵を行い、兵士それぞれの事情を考慮しない。病気で戦に出て、戦地にたどり着く前に道で野垂れ死ぬなどという話はよく聞くことだった。

木蘭はそういう横暴はよくないと常々思っており、侍女に頼まれた時、家族には内緒で金を出したのだった。

「どうぞ、こちらに、お嬢さま」

男が店の奥に木蘭を誘《いざな》うと、からくり扉の向こうの部屋へと案内する。庶民に優しい貴族の娘という印象なのだろうか。急に態度がよくなる。

「まあ、すごい」

そこは木蘭も初めての場所。うずたかく竹簡が積まれている。おそらく、店主は事務を執る下級役人だったのだろう。ありとあらゆる文書に通じていて、推薦状だけでなく、金さえだせば、国が庶民から貴族までに与える二十等級の爵位のうち、八等級ぐらいまで偽造してくれるらしい。

男は竹簡を広げて、名簿を確認する。しばらく、頭を抱えていたが、そのうち、一つの名前の上で指が止まる。

「郷の三老《さんろう》という田舎名士の推薦状でいかがかな。李《り》殿とおっしゃる。宮女の募集ではこれくらいがちょうどよかろうかと思います」

「では、それでよろしくお願いします」

銭の入った巾着《きんちゃく》を木蘭は手渡した。

「急がないと、間に合わないわ」

木蘭は、推薦状を得ると、まっすぐに東市《とうし》の広場に行った。市の真ん中で、普段から、人が集まる場所だ。

木蘭の他に四人ほど、宮女志願の娘がいたが、官があげて募集しているわりに申し込む人数が少ない。官服を来た役人もため息交じりだ。

「やめときな。皇宮で働くぐらいなら、貴族の家で下働きでもした方がずっとましだぞ」

「そうだ、そうだ。なんなら俺の嫁になったらいいさ。皇宮など監獄と同じだよ」

「ははは、まったくだ。どうだい、お嬢さん、こんな男は止めて、おれと一緒になっては」

野次馬がどっと笑った。宮廷に仕えるより、貴族の家で働いたり、その辺の男と結婚したりした方が割がいいのは、おそらく事実だろう。

下級の宮女など皇帝に会うことなど一度もなく、這《は》いつくばって床を磨くか、洗濯をするかが大半だ。姉のように出世するのは、おそらく貴族出身か、皇帝に特に目をかけられた美女だけだろう。一日、何食も与えられずにこき使われ、給金もよくない。

「では宮女の採択を始めるとする」

しばらく待ったが、他にやってくる少女たちはいなかったので、選考は始められることとなり、一段高い台の上に座る文官たちは仕方なさそうに立ち上がる。

そもそも、宮女採択などというが、字を読めることが条件でもなければ、舞や楽ができることでもない。

募集の要項に書かれた「十三から二十歳の容姿端麗、人相のかなった者」などという建前すらどうでもよかった。

唯一の条件は──健康であること。出来れば、重いものを持てること。役人は木蘭たちの頭に盆を載せ、その上に酒の入った椀《わん》を置いた。そして両手に水桶《みずおけ》を持つように命じる。

「市を一周、走ってこい」

官吏の言葉に市にいた野次馬たちは大喜びだった。若い娘が滑稽《こっけい》な様子でさらし者にされる。木蘭は、それに堪えきれそうになかったが、姉のためならば、小事は忘れなければならない。

「では、一番になった者から、希望の部署を聞いてやろう」

その言葉に俄然《がぜん》やる気になった木蘭は、だれよりも早く走り出した。武術をやるため、毎日走り込んでいる。はやし立てる野次馬をかき分けて、木蘭は市を突っ切り、追い風に背を押されて目的の広場へと躍り出る。市楼《しろう》と呼ばれる数階建ての望楼の横を通れば、市の見張りの役人までもが木蘭に声援を送った。

——負けられないわ。

しかし、ほかの少女たちもなかなかの強者《つわもの》揃いだ。

中でも、木蘭よりも、背が小さく細い少女が、前へ出ようとした。勝ち気な木蘭は、更に加速する。曲がり角で、上手《うま》く回れた木蘭がわずかに先頭を守った。だが、僅差《きんさ》だ。あとほんの少しで皆が待つ決勝地——。

——ダメかもしれない。

でも諦《あきら》められなかった。父と兄を亡くした悲しみも、姉に何かがあっただろう不安も、すべてこの競走が、晴らしてくれるような気がしたからだ。

「一番は、黎木蘭！」

それが自分の名前だとは木蘭は一瞬、分からなかった。でもいつの間にか、彼女は地面に書かれた線を越えていた。息を切らしたのは、その後だ。もちろん、盆に載せてあった椀にはまだ酒が残っている。

「はあ、はあ」

遅れて到着した他の四人の宮女候補は、酷《ひど》い有様だった。頭に載せた椀の酒は零《こぼ》れてもう一滴も残っていない。

「まあ、よい。全員合格とす」

官吏がそう宣言すると皆の拍手が起こった。中年のその男は、合格と書いた木片をそれぞれ五人に渡し、木蘭に目を留めた。

「希望する配置場所はあるか」

一番だったから約束通り聞いてくれたようだ。木蘭は答えた。

「尚衣《しょうい》にお願いします」

尚衣は禁中にある尚食、尚冠、尚帳、尚衣、尚席の五尚の一つで、皇帝の衣を担当する部署である。

木蘭は料理をしたことがないので、尚食は論外だし、宴《うたげ》を司《つかさど》る尚席は、重労働という噂だ。尚冠と尚帳は、何をするところか分からない。

縫い物は得意とは言いがたいとはいえ、母が剣を持ちたいならば、針も同じだけ持てるようにせよと言って厳しく躾《しつ》けたので、できないというわけではなかった。洗濯や縫い物をさせられる尚衣が、一番向いていると思った。

「ではまいろうか」

官吏は全員の名を書き留めると、名簿を抱えた。どうやら、このまま皇宮に行くらしい。

木蘭は、まさかその足で皇宮に連れて行かれるとは思っていなかったから、着替えもなにも持って来てはいなかった。今から家に帰っても母に止められるだけなので、その方が、都合がよかった。心配せずとも、すべて宮殿で支給される。着るものも洗面具もすべて。

それに大事なものはちゃんと持っていた。銀剣と許婚《いいなずけ》の指輪だ。許婚、劉覇にもらった指輪は、指から外して紐《ひも》に通して首から下げた。

――未練がましいと思われるかしら。

劉覇は、皇帝の皇子。梁王《りょうおう》でもある。

皇帝が父、黎史成の軍功に報いる形で、二人の結婚は木蘭の生まれる前に決められた。幼い二人は初めは文のやりとりをし、詩を贈るなどしていたが、数年前、彼が梁国に下ってから、急に音信不通となった。

劉覇が長安に戻って来たのは一年前のこと。

彼の邸《やしき》、梁王府は黎家からさほど遠くない。登城する彼の姿を街の人はよく見かけるのに、父の史成が会いに行っても居留守を使う。皇宮でたまたま会っても避けている様子だといい、勅命によって決まった結婚を断れずにいるのだろうと史成は失望していた。

それもこれも木蘭が剣などを振り回すからだと皆が言い、木蘭自身もきっとそれが原因だと思っている。ただ、九歳の時、一度だけ会った彼の優しい笑顔が忘れられず、もらった指輪を大切にしているのだ。

──持っているぐらい、いいわよね。

木蘭は指輪を襟の中に大切にしまった。冷たかった金の指輪が、肌のぬくもりで温かになるのを感じると、指輪と一つになったような気がする。

「ぐずぐずするな」

「かあさん」

親との別れを泣いている少女を下級官吏が叱った。

心配そうに見送る母親の姿に自分の母を重ねて胸が詰まる。

木蘭は、それでも顎《あご》を上げて歩いた。父と兄が亡くなったばかりで心は一杯一杯だったけれど、姉のことを思えば泣いてはいられない。

「潜ることなかれ、直城《ちょくじょう》の門。帰ることなし、長安の城」

直城門の前まで行くと、鉢を持って道に座り込む老人が、詩を吟ずるかのように言った。木蘭が、視線を向けると、白濁した瞳《ひとみ》がこちらに向く。

「行くでない。引き返すのじゃ。皇宮は鬼の住む場所。近づいてはならぬ」

それは天の警告に聞こえた。しかし、門に目を向けると、ひらりひらりと翡翠《ひすい》色の蝶《ちょう》が中へと入って行くのが見えた。すると、なにを恐れることがあるかと木蘭は思った。

「わたしは行かなければならないのです」

「愚かな者よ」

木蘭は真新しい五銖銭《ごしゅせん》を鉢の中に入れると、しかめっ面をしている案内の役人のもとに走った。

——この先が皇宮……。

直城門は他の城門にくらべて小さな門であるが、その前に立つと、恐ろしい怪物が梁《はり》上から見下ろしているように感じた。それを越えれば、大きな建物群が見えた。木蘭が目指していた皇宮である。

「なにをしている、遅れるな」

官吏は木蘭に言った。

「申し訳ありません」

木蘭は頷《うなず》き、列に並ぶと、同じように連れてこられた少女たちが七人ほど揃った。

「この二人は尚衣、こちらの五人は、尚帳です」

中年の女官が厳しい目で木蘭たちを見た。

泣きはらした少女から、毅然《きぜん》とした目で見る木蘭まで、どれもこれも気に入らぬとその顔には書いてあったが、長安城での奉公は人気がある職業とは言えず、地方から半ば無理やり連れてくることもままあることなので、都から何人かでも入れば、官吏たちの体面が保たれるというものだ。

女官は、文句を相手の官吏には言わずに、黙って引き取りの署名をする。

「ついてきなさい」

優しさも情も一切ない声だった。

女官とは華やかな衣を着て、楽を奏でて優雅に暮らしている者かと思っていたが、下級女官なのだろうか、深緑の衣はかなり着古されており、ほつれもあって気になった。

「知らぬ者もあろうから説明するが、今から向かうのが、未央宮《びおうきゆう》。椒房殿《しようぼうでん》には皇后陛下が、あちらにある掖庭殿にはご側室方がおられる。他にも石渠閣《せききよかく》、天禄閣《てんろくかく》など書庫があり、後宮には昭陽《しょうよう》、飛翔《ひしょう》、増成《ぞうせい》、蘭林《らんりん》、鳳凰《ほうおう》、鴛鸞《えんおう》、披香《ひこう》、合歓《ごうかん》、椒風《しょうふう》――など覚えきれないほどの舎がある」

おそらく、この一回の説明で理解しなければ、二度と誰も教えてはくれないだろう。木蘭はしっかりと建物の位置を脳裏に刻む。

そんな木蘭の頭上で、鳶《とんび》が鳴いていた。

曇天は、宮殿を圧し、雲越しの陽が、白く見えた。

宮殿は思ったより静かだった。人の行き交いもなく、高い塀が中の様子を窺《うかが》うのを拒む。皇帝が政治を執る前殿は一段高く、漆黒の甍《いらか》が鈍く輝いている。

前から人が来るのが見えた。さっと女官は脇によけ、膝《ひざ》を折って礼をする。木蘭たちもそれに倣うが、慣れない者にはじっとしているのがきつい体勢だ。

「身分の上下はそのうち覚えよう。そなたたちは、とにかく皇宮で一番下であるから、人を見たら目上と判断し、すぐに脇によけ、頭を下げるといい。頭を下げて間違うことはない」

木蘭はその言葉に頷いて、再び歩き出した女官の後についていく。

途中、尚衣に向かう一行と尚帳に向かう一行は別々になり、木蘭は泣きべそ少女と同じになった。洟《はな》をすするのが、女官の癪《しゃく》に障るのか、何度も睨《にら》むが、少女は泣き止むことはなかった。

「そなた、年は幾つか。名をなんと申す」

腹を立てているのを押し殺すように女官が聞くと、少女は答えた。

「衛詩《えいし》です。十三です」

「そなたは?」

女官が木蘭を見た。

「黎木蘭です」

「そなたがこの娘の面倒をみよ。またこのようにみっともなく泣けば、そなたもただではすまぬぞ」

木蘭は、頭を下げた。

「かしこまりました、女官さま。おまかせください」

新人とは思えないしっかりした受け答えで、女官はわずかに瞠目《どうもく》したが、すぐに木蘭の年齢が上であることに気づいた。

「幾つか」

「十八です」

「宮女になるにはいささか年かさだな。奉公の経験があるのか」

「いいえ。ございません」

「父母に感謝せよ。よくしつけられているのは、よいことだ」

「はい、女官さま」

班《はん》女官と名乗るその人は、悪い人ではないようだ。木蘭は好感を持った。しかし、せっかく親しみを持ったというのに、別れはすぐに訪れた。班女官は、尚衣の別の女官にさらに木蘭たちを引き継いだ。

「泣きべそが一人おる」

班女官が言うと、尚衣の女官が、じろりと衛詩を見る。後ろに控えているのは、瞳の青い官婢《かんぴ》で、薄茶の髪が美しい。皇帝はしきりに西域に遠征軍を送っているため、長安に連れてこられた異族だろうと木蘭は見当した。でも、世間知らずな衛詩は問わずにはいられない。

「どうして目が青いのですか」

衛詩の問いに女官たちが嫌な顔をした。身分の上の者の前で下の者が、余計なことを口にしてはいけないのだ。しかし、官婢はそれに頭を下げて答える。

「お答えいたします、宮女さま。わたくしは遠い西の国から参りました。西には目の青い人がたくさんいるのでございます。目は青いのですが、青くは見えません」

言葉には訛《なま》りがあるが、よどみなく言ったのは、何度となく問われているからだろう。

「伊良亜《いらあ》、この者たちの世話をせよ」

「かしこまりました」

「部屋は余っておらぬ。しばらくはそなたの部屋に皆を入れるように」

「はい」

彼女と同じ部屋とは面白いと思った。伊良亜なる異国人に木蘭は興味を持ったからだ。皇帝が、西域に国土を延ばしたおかげで、街で駱駝《らくだ》や異族を見ることは珍しくなくなったけれど、彼らについて木蘭は何も知らなかった。何を食べ、何を考え、そしてどんな土地から来たのか、以前から興味があった。

「こちらです」

木蘭は高鳴る胸を押さえた。

3

支給された宮女のそろいの衣は、群青色。美意識よりも機能性を重視したのだろう。袖《そで》は、比較的短く、裾《すそ》もくるぶしのあたりまでだった。古着で、あちこち傷んでいる。あとで直さなければならない。きれいに洗ってあることだけが救いだった。

伊良亜の部屋は、狭く薄暗いとはいえ、掃除がよく行き届いていた。彼女は粗末ながら干したばかりの布団と枕を木蘭と衛詩のために用意しておいてくれた。そして食器と箸《はし》、洗面道具を小さな棚にしまう。

「わからないことがあったら、なんでもお尋ねください」

「ありがとう、伊良亜」

年の頃は、二十五くらいか。

「宮女さま、宮殿では官婢に礼など言ってはならないのです」

木蘭は微笑んだ。

「だれにでも礼を言うのが、わたしの流儀なの。気にしないで」

「お心遣いに感謝します、黎宮女さま」

伊良亜は膝を折ってお辞儀した。

「さあ、もうお休みください」

「休む？」

木蘭は訳が分からず、青い目の人を見た。日は中天に昇ったばかりだ。

「皇宮では夜も昼もないのです。昼番と夜番があり、新人は夜番と決まっています」

「夜も仕事をするの？」

「急な呼び出しや、急ぎの縫い物も多くありますので、夜も忙しいのでございます」

宮女は重労働だと聞いていたが、まったくその通りだった。

「おやすみなさいませ」

木蘭は、促されて布団の中に包《くる》まった。むろん、眠れるはずもない。寝返りばかり打つ木蘭の横で、泣いている衛詩。木蘭は思い切って声をかけた。

「こちらの布団にいらっしゃいよ」

衛詩は十三だと自称しているが、どうみても十一くらいにしか見えない。まだ母親が恋しい年頃だ。木蘭が誘うと、猫のように布団の中に潜り込んできた。華奢《きゃしゃ》な手足が木蘭の肢体に触れると、一瞬、ひやりとしたが、やがて薄い布団を温かにする。

無防備で、信頼しきった衛詩の寝顔は可愛らしく、木蘭は彼女のぬくもりで、重圧を一時忘れることができた。頭をそっと撫《な》でてやり、人の体温が、こんなに心を安らかにするものなのかと思う。

「おやすみなさいませ」

目が合った伊良亜が、木蘭に言った。それは音を立ててはならないという意味のようで、木蘭は薄い布団を肩まで引き寄せた。皇宮に上がったという興奮と、姉に近づいた緊張が、まぶたを閉じても脳裏を刺激した。

——必ずお姉さまの様子を調べてみせるわ。

衛詩の寝息の心地よい音に木蘭も夢の中に落ちて行った。

ところが木蘭の固い誓いと意気揚々とした気分は、翌日、すぐに崩れることになる。

「これをすべて洗っておくように」

下っ端の下っ端に与えられたのは、もちろん洗濯で、覚悟していたことだけれど、想像以上に山盛りになった汚れ物が、籠《かご》に十も運ばれてきた。夏だからいいものの、これが冬なら手が大変なことになる。

「急ぎなさい」

しかも、時は夜。真っ暗の中、汚れがどこにあるかも分からないまま洗うのは至難のわざだ。火をたいてくれるわけでもなく、明日《あした》の朝までに仕上げなければならない衣を前にただ黙々と仕事をこなす。

令嬢育ちで、洗濯などしたことのない木蘭は、惨めな気持ちをぐっと我慢しながら、洗濯物を見よう見まねで洗った。

泣きべその衛詩などは、籠を一つこなす前に泣き出して、木蘭が、「泣くな」と目配せをしても止まらなかった。案の定、宦官《かんがん》に見つかって棒で打たれる。それで涙は引っ込んだが、仕事の進みは相変わらず遅い。木蘭は結局、彼女のものも手伝うことになる。

「ありがとう、木蘭姉さん」

そばかす顔は決して美人とは言えないが、愛嬌《あいきょう》はある子で、すぐに姉さんなどと勝手に呼んで木蘭になついた。ただ、幼いからか道理というものをよくわきまえておらず、素《す》っ頓狂《とんきょう》な質問を木蘭に投げつける。

「いったいつになったら、あたしは女官になれるんですか。かあさんが、皇宮に上がれば、すぐに陛下の目に留まるって言っていたんです」

粗末な食事を、目を輝かせて食べる少女は、当たり前のように女官や側室になれると思っているらしかった。

「女官は、皇宮で働く官位のある女人のことで、おそらく宮女の中から選ばれると思うわ。側室のなり方はどうかしら。陛下は六十を過ぎていると聞くから」

「そんなおじいさんなのですか。がっかりです」

「畏《おそ》れ多いわよ、衛詩。気をつけないと鞭打《むちう》ちにされるわ。でも、確かなのは、衛詩は、若いからがんばれば、きっと女官になれるということね」

木蘭が、そう励ますと、屈託ない笑顔が返ってきた。他の宮女たちはそれを見て鼻で笑ったが、挨拶《あいさつ》する気にもなれない木蘭にはどうでもよかった。

「どうぞ」

夕食の配膳《はいぜん》係の伊良亜は、宮女たちに一人ずつ、野菜の羹《あつもの》を配っていた。官婢は、宮女と食事をともにすることもできないのだ。

「ちょっと、危ないじゃない！」

一人の宮女がしっかりと椀《わん》を摑《つか》まなかったせいで、羹を落とした。真っ赤になってその宮女は伊良亜を叱り、容赦なく頰を叩《たた》く。

ここでは女官や宦官が宮女を殴り、宮女が異国から無理やり連れてこられた官婢《かんぴ》を殴る。木蘭は冷めた気持ちになった。

「よかったら、わたしのをどうぞ」

十人ほどいた宮女たちが一斉に木蘭を見た。

「お近づきの印です。昨日、ここに来たばかりの黎木蘭です」

木蘭は丁寧に頭を下げる。気に入らないとばかりに立ち上がったのは、宮女たちのまとめ役の徐貝《じょばい》。こういう輩《やから》は、敵に回してはならないと本能で分かる。木蘭は下手に出た。

「どうぞよろしくお願いします」

「まあ、いいわ」

木蘭が微笑むと、徐貝は彼女が捧《ささ》げる椀を当然のごとく手に取った。

「ありがとうございます」

後ほど、部屋に戻ると、伊良亜が木蘭に礼を言ったが、彼女は徐貝にそうしたように微笑んだだけだった。けれど、伊良亜は、それを不思議そうに見る。

「どうして助けてくださったのですか」

木蘭は答えた。

「あなたと仲良くなりたいから、かな？」

「どうしてですか？　私は官婢、つまり奴隷に過ぎないのに……」

「西域のことを知りたいの。美しい場所だと聞いたことがあるわ。わたしたちが住んでいる向こうにはなにがあるのか、どんな人が生きているのか、教えてくれない？」

今度は伊良亜が微笑む。

「もちろんです、黎宮女さま」

彼女の故国、楼蘭《ろうらん》国はずっと西にあるという。木蘭は父の部屋にあった地図を思い出す。

伊良亜は、美しい西方の織物のことや、水晶と瑪瑙《めのう》でできた匈奴の王女の首飾りのこと、万里を走るという大宛の馬のたてがみのこと、禁苑《きんえん》に植えられたという葡萄《ぶどう》という実のこと、沙漠《さばく》という砂でできた海のことまで教えてくれた。交易は駱駝《らくだ》の群が命がけで沙漠を渡り、人は瑠璃《るり》や駿馬《しゅんめ》を求める。

「草原はどこまでも蒼《あお》く広がっているのです」

草原の話をするとき、彼女の瞳《ひとみ》は輝いた。ただ、それを踏みにじった軍馬のことになると、笑みが急に萎《しぼ》んで黙り込んでしまった。

「ねえ、伊良亜。宮殿の話を聞かせて。わたしが聞いた話では皇帝陛下は竈《かまど》の神さまを崇《あが》めているんですってね。それは本当なの？」

そういう時は、木蘭は慌てて話題を変える。

「そのようですわ。ここだけの話、竈の神を祀《まつ》ると、物の怪《け》が集まってくるらしいのです」

伊良亜の口から出るのは、嘘か真か分からない宮廷の噂話だった。

どこぞの井戸で幽霊が出るだの、どこぞの楼閣では人魂《ひとだま》が出るなどという怪談で、滑稽《こっけい》に感じる話ばかりだが、確かに不気味であるし、水を汲《く》みに行く度に見下ろす井戸の底は恐しく深く、夜に見上げる楼閣は、ひゅうひゅうと風が通り抜ける音がして心細い。

それに、そんな話をするのは伊良亜だけではなかった。他の宮女も側室たちが暮らす掖庭殿の辺りで、獣のような人間を見たのだと言っていた。

友達の友達のそのまた友達がその怪物に食い殺されたと、繕い物をしながらひそひそと話していたのを聞いたのも一度や二度ではない。

「この国の呪術《じゅじゅつ》のほとんどは、西方から伝来してきたものです。皇帝陛下は怪しげな術に嵌《は》まっているというのがもっぱらの噂ですわ」

部屋に帰ると、伊良亜はいつも自分が見てきたかのように、異国の言葉で呪文《じゅもん》を唱えてみせたり、手振りをしてみせたりした。怖くなった木蘭と衛詩は抱き合ってそれを聞き、耳を塞《ふさ》いで縮こまる。

かと言って、木蘭がそれを本当に信じたかといえば嘘になる。

宮女が死んだという話も、きっと皇帝陛下が飼っているという白い虎が逃げ出して、人をかみ殺したのを、処罰を恐れた宦官たちが、隠蔽《いんぺい》したのが事実ではないかと思っていた。だから、木蘭は宮女たちの噂をさほど気にしてはいない。

時折、コウモリが羽音を立てて通りすぎる闇の空を見上げながら、皆の代わりに尚帳などの役所に使いに行ったりする仕事も嫌がらずに引き受けた。

それは木蘭に度胸があるからだけではない。

隙を見て、掖庭殿にあるという姉の居所、披香舎の様子を見てこようと思っていたのだ。夜に起きていれば、明かりが点《とも》されているはずだから、自分が黎良人の妹だと種明かしして、姉の宮殿に入れてもらえばいいだけの話だった。

しかし、平穏な日は十日となかった。

「だれの仕業じゃ！　正直に申せ！」

尚衣の下っ端宮女のまとめ役である明《みん》女官が、そう騒ぎ立てたのは、落陽が西の空に沈んだばかりの時分だった。

「だれがやったのか申してみよ！」

側室の衣がどこかに行方不明になっているらしい。むろん、洗い場から一歩も出ていない木蘭は自分には関係ないと思ったが、一度、用を足しにその場を離れた衛詩が疑われた。

「身に覚えのないことです」

いくら訴えても、明女官は聞き入れなかった。仲間の宮女たちも目をそらして、庇《かば》う様子はない。正義感の強い木蘭は、衛詩のために立ち上がる。

「明女官さま、その衣がここにあったという証拠はあるのですか。衛詩が盗んだという証拠は？　他の宮女の持ち物も確認してください」

「なんと無礼な物言いだ。根性を直してやらねばならぬようだな」

どうやら、女官に刃向かうことは罪が重かったようだ。年若く、位も低い宮女に生意気な言葉を皆の前で言われた明女官は真っ赤になって木蘭を指さした。

「この二人を鞭打ち十五回にせよ！」

木蘭は慌てた。

「お待ちください、女官さま、言ったのはわたしです。ですから、衛詩は――」

「黙れ、黙れ。そもそもその娘が盗んだのが事の発端ではないか。二人とも十五回の罰を受けよ」

それ以上、いくら申し立てても聞く耳を持ってくれない。女官たちが立ち去った代わりに、罰を下す係の大柄の宮女が棒を持って現れ、木蘭たちに這《は》いつくばるように命じた。

「一、二、三、四――」

仕方なく四つん這いになった木蘭は、これほど長い十五回を数えたことはなかった。衣の上から打っているというのに、鞭《むち》で尻《しり》が酷《ひど》く痛かったが、衛詩のように泣きはしなかった。ただ、耐えがたい屈辱の怒りを抑えるために、木蘭は鞭で打たれている間も固く拳《こぶし》を握ったままだった。

――女官たちは、自分たちの責任をわたしたちに押しつけたのだわ。

十五数え終わり、立つのもままならない木蘭と衛詩を、隠れて見ていた仲間の宮女たちが助け起こしてくれた。

「大丈夫？」

「ええ……」

「馬鹿ね。宮殿で物がなくなるのは、神隠しではないわ。誰かが盗んで、それを宮殿外に売って小金を稼いでいるのよ」

今教えてもらっても、罰を受けた後では、木蘭は、なにも言う気にもなれなかった。

彼女は黙って薬を貰《もら》いに尚衣の建物を出て行った。闇はいつの間にか更に濃くなっていた。とぼとぼと歩いているうちに怒りは次第に惨めさに取って代わられて胸に広がる。

人通りのない宮殿と宮殿の狭間《はざま》の道では、ところどころ灯籠《とうろう》があるばかりで、心細く、今夜は満月のはずなのに、月は黒雲に阻まれ見えず、辺りは昏《くら》い。

木蘭は、痛む尻をさすりながら、とぼとぼと歩いているうちに、こんなはずではなかったと思った。すぐに姉を見つけ出して、再会できるものだと思っていた。それなのに、姉の住むという掖庭殿の披香舎に近づくことさえままならない。

「そうだ！　今ならだれも見ていないわ」

罰を受けた木蘭のことなど、今はだれも気にしてはいないはずだ。薬を貰ったら部屋で謹慎しているように言いつけられているから、少しくらい戻るのが遅くなっても咎《とが》められない。

「お姉さま！」

木蘭は掖庭殿へと走った。場所は初日に班女官が説明したときに記憶している。姉の住む披香舎はその中のどこかだ。

しかし、掖庭殿近くは武装した宦官《かんがん》が堅く守っており、近づくことさえ困難だった。高い塀ばかりが行く手を遮り、宴《うたげ》を催しているのか、高楼の方から笑い声と楽の音色が聞こえる。西域の舞が披露されているのだろう、シャンシャンと鈴の高い音がした。

見上げれば、薄絹の紫の帳《とばり》が高楼の三階に巡らされ、中で酒を飲み明かす人々を隠している。しかし、風に揺らめく帳と帳の間で乱れる男女の姿を木蘭は見つけた。瑠璃の杯に琥珀《こはく》色の酒が注がれる。明かりは暗く、幽幽冥冥《ゆうゆうめいめい》の中に、白骨のような顔が並んでいた。鬱金香《うっこんこう》の匂いがあたりを漂い、艶《つや》っぽい女の声がする。

そして、ふありと帳《まく》が捲れ上がった一瞬に、木蘭は姉、秋菊の横顔を捉《とら》えたような気がした。蒼白《そうはく》な顔に、真っ赤な口紅。優美な顔はそのままだ。

「お姉さま！」

しかし、それも兵士に見咎められ、矛を向けられたので、仕方なく木蘭は、ぎゅっと我が身を抱きしめてもと来た道を歩き出す。

奇《く》しくも月が雲から顔を出し、空は群青色に滲《にじ》んでいた。

北辰《ほくしん》は帰れとばかりに、木蘭に北を示すも、もう戻る道は振り返ってもなかった。あるのは、深い闇。あれほど騒がしかった掖庭殿の宴の声ももう聞こえない。

「おかしいわ」

木蘭は身を硬くした。

角を曲がれば、同じような宮殿が右にも左にもある。

塀は皆同じ高さの同じ色。こんなに暗いというのに、灯籠に火は点されておらず、焦れば焦るほど、道が分からなくなる。誰かに聞こうにも、この広い皇宮に不自然なまでに誰もいない。木蘭は急ぎ足になった。

——なにか後ろにいる……。

十字路にさしかかった時、木蘭は、息を止め、一呼吸置いてから、ゆっくり後ろを振り向いた。十歩ほどの距離にいたのは、長い影を引きずった一人の若い男。黒い官服を着て、冠《かん》の紐《ひも》をしっかりと締め直すと、こちらに顔を向けた。銀糸で刺した衣の獣文が、月明かりに凍えるように輝く。

「動くな」

男の声は低くかった。

満月が、雲から顔を出し、男の顔を青白く照らした。切れ長の目を持つその人は、太めの眉《まゆ》をし、手には西方の剣を持つ。高い鼻とやや厚めの耳朶《じだ》が、整った顔に行儀よく並ぶ。長身で肩幅があるのは、剣を嗜《たしな》むためか。憂いを帯びた唇は、きゅっと結ばれている。その獣めいた瞳《ひとみ》に木蘭は一瞬、見惚《みと》れた。

しかし——次の瞬間、彼女の体は固まる。

「動くな」

もう一度そう言った男の足下に、首と胴に切断された宦官の死体があったのだ。ごろりと頭は転がり、彼の剣が光る。闇の中、その白い骸《むくろ》ばかりが月に照らされて見えた。

彼は、死体の胸に剣を突き刺した。

木蘭は血の気が引いて、そして父の教えを思い出した。「危険が迫ったら、戦わず、すぐに叫べ。戦場でも危なくなると角笛を吹いて危険を知らせるのだ」と。木蘭はだから、腹の底から叫んだ。

「きゃあああ！」

その声は夜の闇を裂いた。

4

木蘭は走った。

どこをどう走ったのかも覚えていない。

「待て！」

男がそう言い、数人とともに木蘭を追いかけてきたけれど、彼女の足は速い。誰か確認している間もなく――摑《つか》まれそうになった手を振りほどき、全力で皇宮を横断した。そしてどれくらい走っただろうか。息が苦しくてもう歩けない木蘭は、禁苑《きんえん》の池の畔《ほとり》で座り込んでいた。

服は汗で濡《ぬ》れ、呼吸は乱れて、心臓はバクバクと音を立てる。それは生まれて初めて人殺しの現場を目撃してしまった恐怖によるものだった。

「捕まっていたら、わたしも殺されていたかもしれないわ」

そして次に心配になるのは、あの美しい男が、口止めに自分を殺しにやってくるのではないかということだった。でも、よくよく考えてみれば、木蘭は宮女たちが着る濃紺の揃いの衣を着ているし、髪型だって皆と同じだ。

厳しい決まりの中で、少々個性が出せるのは、髪飾りや腕輪のたぐいだが、木蘭は持っていない。男が木蘭を捜し出すのは困難なはず。そう思うと少し心が落ち着いた。

「あの人、何者かしら」

冷静になると、顎《あご》を手のひらに載せて考える。

掖庭殿の近くであるから、あそこは「禁中」だ。禁中は皇帝の私的な生活空間であるので、女や宦官以外、男は「許された者のみ」しか入ることができない場所だ。

木蘭が知る限り、男でも一部皇帝に侍《はべ》る役人は許されている。おそらく皇族や皇后の家族なども出入りしていいはずだ。

武官のようにも見えたから、皇帝の許しを得て入っているのかもしれなかった。

官服をゆっくり見る暇があれば、その身分が分かっただろうに。冥《くら》かったのと、慌てていたのとで、真っ黒な衣しか、記憶に残っていなかった。

「関わり合いにならない方がいいわ」

木蘭は己に言った。

「皇宮ではなにを見ても見なかったことにしなければいけないってお姉さまが文に書いていたもの」

そして剣を愛する者として、頭から離れないのは、彼の剣だ。剣身《けんしん》がこの国の剣にしてはいささか短い。銅剣でもなければ、鉄剣でもない。白く月に輝くそれは、おそらく――銀剣。

木蘭は懐に隠している姉からもらった銀の短剣に衣の上から触れた。銀剣は珍しい。もしかしたらあの男は、姉のことをなにか知っていたかもしれないと思うと、なにも聞かずに逃げてきたことを後悔したが、木蘭は立ち上がる。

「早く帰らないと――」

まさか人殺しを目撃していたから帰りが遅くなったとは言えない。言ったとしても信じて貰《もら》えるわけがない。木蘭は尚衣の宮女部屋へと戻った。

「夕食、もう終わってしまっているわ……」

食事をとっておくとか、余っているということは望むべくもない。もとより宮女の食事は少なく、誰かが罰を受ければそうとは顔に出さなくとも、皆、喜んでその分を食べる。

「あたしのを食べて、木蘭姉さん」

しかし、衛詩が自分の夕食を食べずに木蘭にとっておいてくれた。伊良亜が台所から誤魔化《ごまか》してきた食べ物を加えて差し出せば、腹の虫が鳴った。ありがたいことだ。木蘭は椀《わん》を受け取ると座った。

「どうしてこんなに遅くなったのですか、黎女官さま」

伊良亜が尋ねる。

「……実は、恐ろしい光景を見たの」

「一体、なにがあったのですか」

同室の二人が顔を見合わせ、木蘭の次の言葉を待った。

「人殺しの現場を見たのよ」

木蘭が怖い顔で言うと、衛詩が笑う。

「木蘭姉さん、そんな冗談で、あたしはだまされないんだから。本当はなにがあったの？」

いつもの怪談話と思ったようだ。

木蘭は首を横に振る。

「殺したのは、惚《ほ》れ惚《ぼ》れするぐらい美しい男だったわ……死んでいたのは、宦官《かんがん》だと思う。頭が斬り落とされていた」

「それは――」

伊良亜が、木蘭の手を強く摑んだ。

「異国の男でしたか」

「いいえ。この国の人よ」

彼女は、木蘭の手を離すと青い顔で立ち上がり、我が身を両手で抱きしめながら狭い室内を歩き回った。そして窓が開いていたことに気づくと、すぐに閉める。

「どうしたの、伊良亜？　なにか知っているの？」

伊良亜の顔が更に青くなる。

「教えて。あれは一体どういうことなの？　宮殿でなにが起こっているの？」

伊良亜は、寝台にふらふらと腰掛けると、木蘭を見た。

「知らない方がいいですわ」

木蘭は彼女の肩に手を置いた。

「いいえ。教えて、伊良亜。知りたいの」

木蘭は今夜、自分がなにを見たのか知りたかった。そしてそれが、皆が噂している人食いの怪物であるのなら、もしかしたら姉に関係している可能性もある。伊良亜はしばらく考え込んだ後、重い唇を開く。

「木蘭さまが見たのは、きっと殭屍《キョンシー》ですわ」

「殭屍？」

伊良亜が頷《うなず》く。

「西域ではヴァンパイアと呼びます」

「それは、皆が噂している化け物ね？」

「はい。でもどうして知りたいのですか。私もそれほど詳しいというわけでは……」

伊良亜は不安げに木蘭を見た。

「連絡のつかない姉に関わることかもしれないと思ったの。なにがあったのか、知りたいって思って」

木蘭は正直に姉のことを話した。すると義心に厚い伊良亜は神妙な顔でそれを聞き、木蘭の手をもう一度握ってくれた。

「そういうことなら、私より詳しい人を知っていますわ」

「それは誰？」

「大宛から連れてこられたおばあさんです」

「会いたい」

目を輝かせた木蘭に伊良亜は首を振る。

「尚食の炊事場にいるので、今からでは遅すぎます。明日《あした》か、それ以降に案内します」

「そのおばあさんはまだ起きているかしら」

「おそらく」

木蘭は立ち上がった。

「行ってみましょう」

「どうやってですか。もう尚食の門は閉まっています」

木蘭は片目を瞑《つぶ》ってみせた。

「塀を乗り越えるのよ」

木蘭は自宅の塀もよく乗り越えて遊びに出かけた。尚食の役所は隣で、塀の高さは木蘭の実家よりもずっと低いし、梯子《はしご》のありかを知っている。不可能ではない。

「行きましょう」

「私もですか」

「わたしだけじゃ、そのおばあさんを知らないから、来て。ね？　お願い」

伊良亜は肩をすくめる。

「しかたありませんね。でも、ただでは教えてくれない人なのです。なにか土産を持っていかないと――」

木蘭は自分の持ち物を見回した。許婚《いいなずけ》からもらった指輪は渡せない。小銭を入れていた絹の巾着《きんちゃく》を持っていたことを思い出すと、銭を取り除いて綺麗《きれい》に畳《たた》んだ。落ち着いた色合いの紫色だから、喜んでもらえるだろう。

「これでどう？」

「もったいなくはありませんか」

「いいのよ」

木蘭と伊良亜、そして見張り役の衛詩とともに夜の闇に紛れて外に出た。

梯子を倉庫から引っ張り出すと、衣の裾《すそ》をたくし上げて上る。塀の上から木蘭は小声で言った。

「見張り、頼んだわよ、衛詩」

「任せてください」

少しばかり心許《こころもと》ないが、機転の利く子だから上手《うま》くやるだろう。木蘭と伊良亜は、塀から飛び降りた。

「こちらです」

伊良亜の後に続くと前から宦官が二人、談笑しながら近づいてきた。

木蘭は慌てて隠れようとしたが、もう遅い。仕方なく、何食わぬ顔で立ち止まると、頭を下げる。尚食と尚衣の宮女の衣は同じなので、顔さえ見られなければ分からないはずだ。

ドキドキする心臓の音が漏れてしまいそうだった。

しかし、宦官たちはおしゃべりに夢中で、笑い声を上げながら木蘭の横を通り過ぎた。伊良亜が木蘭の袖《そで》を引く。

「急ぎましょう」

尚食はいかなる時であろうと、皇帝陛下が所望すれば、すぐに食事を提供できるようになっている。夜でも人が多いのはそのせいだ。表の炊事場は宮女や女官たちが忙しそうに立ち回っていたが、裏手にある賄いのための炊事場はひっそりとしていた。

「あの人です」

伊良亜が、背が曲がった老女を指さす。

西域の人だと一目で分かる彫りの深い容姿であるが、脚が悪いのか片足を引きずりながら掃除をしていた。

「おばあさん」

伊良亜がその背に声をかける。

「おお。楼蘭の娘さんか」

故国は違えども、同じ西域の生まれで宦婢《かんぴ》をしているという共通点で結ばれているようだ。しかめっ面をほころばせた。

「あの、少しお話を聞きたいの」

「こちらの宮女さまは？」

猜疑心《さいぎしん》の強そうな目を老女は木蘭に向けた。

「黎木蘭です。伊良亜の友人です」

伊良亜もそれに微笑んだ。

老女──本人曰《いわ》く、名前はなく、皆が宛《えん》ばあさんと呼ぶ人は、「友人」という言葉で警戒心を解いた。

「なにを聞きたいのかね」

老女が竈《かまど》の横に座り、木蘭と伊良亜も腰掛けた。

「殭屍のことです」

「殭屍？」

「化け物を見たんです。それが殭屍だと思うのですが、確信がなくてお訪ねしたいのです」

宛ばあさんは、歯のない口をまごつかせる。

「そんな話したくないね」

木蘭は懐から絹の巾着を取り出した。

「お願いします」

老女は興味ないとばかりにそっぽを向いたが、すぐにその視線は巾着に戻る。

「仕方ないね」

巾着を袖の中に入れた宛ばあさんは、伊良亜が言う通り、贈り物に弱いらしい。木蘭たちににじりよると声を潜めた。

「私はな、安息国《パルティア》から来たという棺《ひつぎ》を、ここに連れてこられる途中に見た。十三年も前のことじゃ」

伊良亜と木蘭は、耳をそば立てた。

「中には生きた死体が入っていると聞いた」

死体なら死んでいるのではないかと思ったが、木蘭は口を挟まず、老女の隣に座り直す。

「十三年前、数十万の漢兵が大宛を攻めた。戦に負け、捕らえられた捕虜が長安に連れて行かれることになったのじゃ。初めは千人ほど一緒に旅していたがの。それが、毎日、一人、二人と死に始めた。疫病ではないかと騒ぎになった」

木蘭は祈るような形を手に作り、伊良亜は次の言葉を待つ。

「でもそうではなかったのじゃ。ある晩、私が用足しに外に出た時、棺の中の死人が、兵士や捕虜をむさぼり食っていたのをこの目で見た。首筋の血を飲み、時に肉も喰《く》らってゆっくりと殺していた。今夜のような満月の夜のことじゃった」

「死人が……人を喰らう……そんなこと――」

木蘭は絶句し、伊良亜が尋ねる。

「どんな男でした？」

「銀髪に紫の目をした西域の男じゃった……それはもう美しくて、息をのむほどじゃったわ。でも、それは禍々《まがまが》しい者が持つ美しさで、我が国ではあのような類《たぐ》いの存在を悪魔と呼んでおる。それを、この国では殭屍《キョンシー》と呼ぶらしい。千人いた捕虜は長安にたどり着くまでに三百にも満たなく減ってしまった。生きて長安に着いた時の安堵《あんど》は忘れられぬ」

「棺はそれでどうなったのですか？」

木蘭の問いに老女は首を振る。

「分からぬ。おそらく、宝石がちりばめられた帯鉤《バックル》や、西方の絨毯《じゅうたん》、硝子《ガラス》の碗《わん》などの他の戦利品と一緒に、国庫に納められたのではないか」

「なら、この皇宮内に、その殭屍は、まだいるかもしれないってことね」

伊良亜がそれに頷《うなず》く。

「この皇宮はなんだかおかしいのです。そう思いませんか。人が消えるっていう噂もまんざら嘘ではないような気がするのです。宮女さまたちも皆、噂しています。私たち下っ端の洗濯場にまで噂が聞こえてくるということは、きっと皇宮ではなにか起こっているのですわ」

老女が声を潜める。

「この国に来てから聞いたのじゃが、人は魂魄《こんぱく》でできており、人は死ねば、魂《こん》は天に帰り、魄《はく》は地に帰る。殭屍はそのうちの魂を失い魄だけになった存在のようじゃ。どこに行ったかは分からぬが、今も存在しているのは確かじゃろう」

木蘭は魂魄については書物を読んで知っていた。

人間の精神〈魂〉は天からの授かりもので、骨骸《こつがい》〈魄〉は地から与えられたものだという考え方だ。その二つは同時に滅することができず、両方を失った時、人は完全な死を迎える。そして、そうした天地の理に反すれば、人は命を落とし、そうでなければ生きるという。つまり、殭屍とは天の理に反し、骨骸だけでこの世に存在し続ける悪しき存在ということになる。

木蘭はその話を聞くと、あの男のことを考えた。

彼は紫の瞳《ひとみ》でも、異人でもなかったが、かなりの美男だった。月光に照らされて神秘的にも見えた。切れ長の目は、冷たそうではあるが、魅惑的だったし、その低い声は男らしい。伊良亜の語る殭屍はそれと同じなのだろうか。

木蘭はいてもたってもいられなくなって、翌日、寝床から起き上がると、燦々《さんさん》と日の照る外に出た。じりじりと皮膚を焼く陽の下に木蘭以外の人がいない。この暑さだ。多くの者たちが室内にいるだろう。人の姿は少ない。

「もう一度、行ってみよう」

今なら、あの男――おそらく殭屍もいないだろう。木蘭は姉の住むという掖庭殿へと急いだ。怖くないかと言われればそうではないとはいえない。それでも、木蘭は使命感からどうしても姉を捜さなければならなかった。

「ここだわ……」

昨夜の十字路に近づくと、木蘭は、角でよくよく様子を窺《うかが》ってから道を曲がった。

しかし、殺人事件があったような騒ぎもなければ、血痕《けっこん》すらない。

「どうしたんだろう」

なぜ、こんなに静かなのか。

木蘭は気味悪く感じる。

そしてふと、下を向けば、耳飾りが片方、落ちていた。真珠の耳飾りで、人差し指の爪ぐらいの大きさのものだ。金の飾りと、翡翠《ひすい》がついている。

──お姉さまのだわ！

拾い上げれば、それは確かに、姉のものだった。祖母から受け継いだもので、木蘭はすごく気に入っていて、どうしても欲しいとねだったことがある。

それがなぜ、こんなところに落ちているのだろう。

木蘭は手のひらの中の耳飾りに「どうして？」と尋ねたが、返事はもちろんない。

「お姉さまはここにいたのかしら……」

木蘭は耳飾りを握りしめ、高い塀の向こう、掖庭殿を睨《にら》んだ。高価な装飾品がこんなところに普通落ちてはいない。彼女は掖庭殿の門を叩《たた》こうと歩き出した。しかし、

「それを返してもらおうか」

背後から声がした。

振り向けば、昨日の男だ。

月の下で見た時は、妖《あや》しい光を瞳から放つ蒼白の美男に見えたが、陽の下で見た人は、優美で凜々《りり》しい貴人だった。二十二、三くらいか。

空色の絹の深衣を着ていて、佩玉《はいぎょく》を腰から下げる。

片手に持つのは、親骨が銀の扇子。

扇面は藍色《あいいろ》だ。

日の光を眩《まぶ》しそうにわずかに目を細め、それで遮る。

木蘭はすぐに道の端に避《よ》けると、頭を下げた。男が官服を着ておらず、なぜか平服であるのも木蘭を緊張させる。何者だろうか。

「それを返してもらおうか」

男が手を前に出すが、木蘭は耳飾りを渡す気はなかった。これは姉のもので、姉の手がかりなのだ。耳飾りを握った拳《こぶし》を背に隠す。

「早くせよ」

顔を上げれば、男の左胸には木蘭の花と、その花びらに今にも止まろうとしている蝶《ちょう》が刺繡《ししゅう》されていた。木蘭は相手の服装から、明らかに身分の高い人物であることは理解できたが、耳飾りをどうしても渡すことはできないので、毅然《きぜん》と顔を上げて答えた。

「申し訳ありません……お渡しできません」

男は驚いて瞠目《どうもく》した。

そして無意識だろうが、唇に手を触れた。

「これはわたしの姉のものです。連絡のない姉を捜していたら、これが道に落ちていたのです。大事な手がかりなので、お渡しすることはできません」

「…………」

男は日差しが真上から差し込む中、一歩木蘭に近づいた。日が陰り、彼の焚《た》きしめる芳香がその衣からする。近すぎる距離に、彼女は一歩後ろに引いた。

すると、男がまた一歩と彼女に近づいた。

木蘭ももう一歩後ろに下がろうとしたが、塀に阻まれて、男と塀に挟まれる恰好《かっこう》になる。首筋に汗が流れていくのを感じる。

「姉とは誰だ」

「わたしの姉は黎良――」

言いかけた口は男の手のひらで止められてしまった。驚いてまごつく木蘭の肩を男は塀に押しつけた。

「お前が黎木蘭か」

低い声は、探るような色合いがあった。

木蘭は、声が出せないので、ただ一度だけ頷く。すると、肩を摑《つか》んでいた手に力が入った。

「どれだけ捜したと思っているのだ」

怒りが溢《あふ》れた声。木蘭は怖くなって目を閉じた。しかし、相手は木蘭の顎《あご》を摑んで顔を背けようとするのを止める。

「お前の母上が心配して、俺の邸《やしき》の門を何度も叩いた。なぜ、皇宮などに来たのだ」

母の話が出て、ゆっくりと片目ずつ目を開けてみれば、眉《まゆ》をつり上げた男になんとなく見覚えがあるような気がし始めた。

「あの、あなたは誰ですか？ なぜわたしのことを知っているのですか」

男が面白くないとばかりに鼻を鳴らす。

「自分の許婚《いいなずけ》の顔も忘れたのか」

木蘭は驚いて、まじまじと男の顔を見た。

「まさか、劉覇さま？ 梁王の？」

「ああ。そうだ、黎木蘭。覇だ、お前の許婚のね」

この国では郡国制を取っている。一部の皇族には国が与えられ、諸侯王として封ぜられる。劉覇は皇子であり、梁国王でもある。そんな高貴な人に、今、木蘭は壁に体を押しつけられていた。

「お放しください」

「放せだと。夕べのように逃げられたらたまらない」

「夕べ……あれは劉覇さまだったんですか」

彼は木蘭の顎から指をのけた。しかし、彼女の肩を強く摑む手は離さない。

「すぐに家に帰れ」

「お言葉ですが、人の話も聞かずに帰れなんて言わないでください。わたしは大事な用があってここに来ています。あと、親でもないのに、『お前』と呼ぶのを止めてください」

劉覇が嫌みっぽく鼻で笑う。

「ふん。噂に違《たが》わぬとんだじゃじゃ馬だな」

「そちらには敵《かな》いませんわ。横柄な人だって有名だもの」

「なんだと⁉」

木蘭は口を尖《とが》らせて睨む。ずっと連絡を絶って、婚約の話をなかったことにしようとしていた人だ。会ったら言ってやろうと思っていた言葉はたくさんあった。

「話にならない女だ」

「そちらこそ！」

互いに睨み合う。

——最悪……。

チクリと胸が痛んだが、木蘭はそれを無視し、幼い頃の記憶は美化されたものであったことを思い知る。

「用がそれだけなら、どいてください——洗濯物がたまっているので戻らないといけないんです」

「まさか宮女としてまだ働く気ではないだろうな」

「もちろん、そのつもりです、殿下」

彼はあきれを通り越したという顔で、木蘭を天禄閣と呼ばれる書庫の方へと引っ張って行った。人気《ひとけ》のないその中に勝手に入り込むと、袋に入った竹簡が幾つも積まれている書庫の棚と壁に挟まれた場所に彼女を隠すように追い込んだ。塵《ちり》が明かり取りから舞い降りてキラキラとしていた。

「君は自分の立場が梁王の許婚だと分かっていないようだな。どうしてこんな無謀なことをしたのだ」

第一木蘭は、将来、梁王后にはもうなれないと思っていた。許婚とは連絡が途切れて破談だともっぱらの噂だったではないか。

第二に、『こんな無謀なこと』と劉覇は言うが、姉の安否を確認するにはそうするほかなかった。許婚とは音信不通だったから、相談できる人がいなかったので、自分でどうにかするしかないと思ったのだ。

「お怒りは理不尽です、劉覇さま」

木蘭は、劉覇の肩の向こうにある窓から見える入道雲がもくもくと大きくなるのを見ると、自分の怒りと悲しみが膨らんできたのを感じた。

「婚約をなかったものにしようとしていたのは、劉覇さまの方ではありませんか。迷惑を被りたくないから、許婚の権限を振り回しているのなら、それは横暴です」

彼は腕を組んで低い声で言った。

「無礼であるぞ、黎木蘭」

「勅命による結婚です。劉覇さまが、お嫌でも断れなかったのはしかたありません。でも、そうならそうと、はっきり言ってくだされば、亡き父も悲しい思いをしなかったのです。わたしだってつまらない噂の種にされずにすみました」

木蘭は彼から身を離した。

「父と兄が殺されたのはご存じですか」

「聞いている……」

「せめて葬儀にいらしてくだされればよかったのに」

「それは――」

「いいのです。お忙しかったのでしょうから」

木蘭はぴしゃりと言った。そして、劉覇に向かい合う。

「父の遺言だったんです。姉を頼んだぞって。わたし、なんとかしなければと思ったんです。だからここに来ました。そして姉の安否が分かるまで、帰るつもりはありません」

木蘭は、感情を押し殺して言った。

泣きたい気分だった。勝ち気な性格がそうさせないけれど、不実な許婚にそれ以上の恨みごとを言える気力はなかった。木蘭は拳《こぶし》をぎゅっと握る。劉覇が少し語気を和らげて言った。

「皇宮は最近、大きく変化して不穏なのだ。だから連絡をしなかった」

「もうどうでもいいことです、殿下」

「皇宮をすぐに離れろ」

木蘭は瞬《まばた》きをした。

「帰りません。だって、まだお姉さまに会っていないんです。心配で来たのに、ここを逃げ出すわけにはいきません」

劉覇が憂いに満ちた顔で、木蘭を見た。

「黎良人にはもう会えない」

「どうしてですか」

木蘭は顔を上げ、劉覇を見て言った。しかし、劉覇は沈んだ瞳《ひとみ》を暗くする。

「どうしてですか、劉覇さま」

もう一度、尋ねても彼はなにも言ってくれない。

木蘭は彼の腕を摑んだ。

「もしかして――お姉さまのことをなにか知っていらっしゃるんですか？」

「…………」

「風の噂にも黎家が、姉のことを心配しているということをお聞きになったことはあるでしょう？　調べてくださったんですか！」

劉覇は頷《うなず》き、窓の向こうの天を仰いだ。

静かな昼下がり。

風は東の窓から西の天窓へと通り抜け、木蘭の乱れた髪を揺らした。

「木蘭。言わなければいけないことがある」

劉覇の手が木蘭の両肩を摑んだ。

思いつめた劉覇の瞳は、よい知らせではないことを予感させたが、どうして話を遮れよう。木蘭はまっすぐに彼の揺らぐ瞳を見た。

「木蘭、よく聞いてくれ。黎良人は死んだ」

「死んだ？」

「ああ。君の姉上は、すでにこの世の人ではない」

「うそ――」

木蘭の体が、夏の陽の下で頽《くずお》れた。

第二章　後宮の秘密

1

姉が死んだ。

姉、黎秋菊は、皇帝陛下の寵愛《ちょうあい》を受ける女人であり、これからいくらだって出世して幸せになれると期待されていた人だ。それが、亡くなった？

「実は、皇宮は魔物の巣窟《そうくつ》なのだよ。殭屍《キョンシー》という魔物だ」

木蘭はつい夕べ聞いたばかりの化け物の名前に驚いた。

「その化け物のことは聞きました」

「もう噂になっても不思議ではないな」

劉覇は、未央宮内の殭屍はすべて処分していいという勅命を三年前に拝したという。

「俺は命を受けてそれから二年間、梁国に行ったことにして、実は泰山《たいざん》にいた」

泰山は、泰山府君という病気や寿命、死後の世界などを司《つかさど》る道教の神を祀《まつ》ってあることで有名な神秘な山だ。物見遊山で行くような場所ではない。

「泰山？　そんなところで、劉覇さまはなにをしていたのですか」

「殭屍に打ち勝つ修行をしていた。山から立ち上る気を我が身に受け、剣術や兵法を習った」

木蘭は劉覇を見た。

何年も音信不通で、邸《やしき》に文を出して返事も貰《もら》えず悲しい思いをした。でもまさか泰山にいるとは思わなかった。

「そして一年前、長安に入朝してからは、危険な殭屍排除を行っている。木蘭に迷惑をかけたくなくて、今まで関わりを避けていた」

劉覇は座り込む木蘭と同じ視線になるように、膝《ひざ》をつく。

「黎良人は俺の協力者の一人だったのだが、三ヶ月前にそれがバレて殺された。死に際に耳飾りを君に渡すように頼まれた」

木蘭は手に握っていた耳飾りを見た。劉覇がもう片方の耳飾りをその手に置く。

「姉上は、最期にそれを木蘭に渡して欲しいと言ったのだ。でも、俺は昨夜、殭屍に襲われて、落としてしまった。今朝になって気づいて取りに戻ってみれば、そこに君がいた」

木蘭が洟《はな》を啜《すす》った。姉が死んだなど信じられなかった。

「大丈夫か？」

「大丈夫ではないです。全然大丈夫なんかじゃないです」

劉覇が木蘭に近づいた。

「木蘭。すまなかった」

木蘭はそれでも気を取り直して顔を上げる。

「昨日のあれは、では？」

「殭屍だ。奴らは、人の生き血を吸い殺す。見つけ次第あのように冥府《めいふ》に送っているが、今や、被害は皇宮全体に広がっている」

木蘭は伊良亜の話はやはり本当だったと思った。

劉覇曰《いわ》く、殭屍自身は自分たちのことを『永劫《えいごう》の一族』などと気取って呼び、その仲間を増やそうとしているらしい。

「大変なことが起こっていたんですね」

「ああ」

劉覇は立ち上がり、木蘭に手を差し伸べた。

「送って行こう」

「送って行くって？」

「もちろん、君の家にだよ、木蘭。皇宮は危険すぎる」

木蘭は慌てて自分の手を引っ込めた。

「どうした?」

「家には帰りません」

「俺の話を聞いていただろう? 殭屍に捕まれば必ず殺される。それも無残なやり方でだ」

「そうだとしても、父の最期の言葉に従わなければならないので、わたしは家には帰れません。姉の仇《かたき》をとらなければならないのです」

「馬鹿なことを」

木蘭は立ち上がると、まっすぐに劉覇を睨《にら》む。

「お願いです。わたしに協力させてください」

「そんなことできるわけがない」

劉覇は怒って腕を組んだが、木蘭は諦《あきら》めなかった。

「なんでもします。それに女の協力者は必要でしょう？　掖庭殿に入れる男性は限られています」

「手は十分足りている」

「お姉さまも協力者であったのなら、わたしだってなれるはずです。劉覇さまがわたしを許婚《いいなずけ》だと言うのなら、あなたを助けるのは当然のことではありませんか」

「危険すぎるし、足手まといになるだけだ。迷惑なのが分からないのか」

「迷惑はかけません」

二人は睨み合った。木蘭は一歩も退くつもりはなかった。劉覇を助けたかったし、姉の恨みも晴らしたかった。

「もし協力させてくれないのなら、わたしは独自で動きます」

「宮女一人になにができるというのだ」

「たとえそうでも、やらなければならないではないですか。姉の遺体はどこにあるのですか。骨をせめて拾ってやらなければなりません」

「それは——」

「父と兄は街で『獣』に襲われて死にました。血の気はなく、首筋に牙の痕《あと》があったのです。あれは本当に『獣』だったのでしょうか」

言葉をのむ劉覇は、最終的に吐息を漏らした。

木蘭の瞳《ひとみ》に根負けしたようだった。

「分かった。そこまで言うのなら、手伝ってもらう。ただし、慎重にだ。そうでなければ、他の仲間や協力者たちを危険にさらすことになる」

「はい、ありがとうございます」

木蘭は、にこりと微笑んだ。

2

木蘭が劉覇のはからいで、女官に昇進したのは、それから十日ほど後のことだ。

劉覇の配下の宦官《かんがん》、羌音《きゅうおん》が任命書を持って来た。木蘭は席を勧めて彼の前に座った。

「羌音と申します。これからは木蘭さまのお世話をするように梁王殿下に言いつかっております」

「よろしくお願いします」

頭を下げると、宦官は髭《ひげ》のない丸顔をほころばせる。

気のいい性格なのはその優しげな目を見れば分かる。

年は二十五、前後だろう。

温和だけれど、賢そうなまっすぐな眉《まゆ》をしていた。細身で背はやや低く、木蘭と変わらないくらいだ。

「木蘭さまには主に掖庭殿や皇后陛下の連絡係となっていただきます。そのため、殭屍と宮廷の事情のあらましを説明させて頂きにまいりました」

「ありがとうございます。わたしも殭屍について知りたいと思っていたんです」

羌音は頷《うなず》くと口を開く。

「殭屍《キョンシー》の親玉は崔倢伃《さいしょうよ》と申します。名前を崔美麗《びれい》。梁王殿下は殭屍の排除に動いておられますが、今のところ仕留められるのは、小者の殭屍ばかりで、残念ながら、斬っても斬っても増えるばかりなのが現状です」

「倢伃とは後宮で皇后につぐ身分の側室のことですよね？」

羌音は肯首する。

「はい、さようでございます。二十七歳の艶容《えんよう》な美女で、後宮の側室の中で最も高貴な方でございます」

羌音が言うには、皇帝は崔倢伃の色香に惑わされて怪しげな公孫槐《こうそんかい》なる男を未央宮に引き入れ『神人《しんじん》』などと呼び、重用するだけでなく、不老昇仙を叶《かな》える儀式に嵌《は》まっているのだという。

木蘭は皇宮がそんなことになっていたとは信じられなかった。

「死人を蘇《よみがえ》らせ、不死にするという黄老《こうろう》思想の儀式というのは表向き、その真実は、殭屍に血を吸われることによって人が殭屍に変化するのを利用して、天子をだましているのでございます」

木蘭は、羌音の説明に憤りさえ覚えた。

彼はさらに続ける。

「殭屍には、殺戮《さつりく》を繰り返す生きる屍《しかばね》だけではなく、崔倢伃のように自我を持った高等な殭屍がおります。高等な殭屍はすべてその公孫槐、つまり『神人』によって作られた化け物です」

公孫槐は殭屍の祖で、西方の容姿をしているのだという。彼に直接、血を吸われると崔使仔のような者が生まれ、彼以外の殭屍が人に嚙《か》みついても下等な殭屍しか生まれない。繁殖力は高く、下等な殭屍は常に血を求めている。

「下等な殭屍は筋肉が硬直しているため、手足を曲げることができないので、飛び跳ねたり、左右に手を動かしたりして力のまま攻撃を仕掛けてきます。怪力で危険であるのは高等なものと変わりありません。違いはその知能とその筋肉です。高等な殭屍の見た目は人とほぼ変わりません」

「殭屍は何体くらいいるのですか」

木蘭は質問をぶつけてみた。

「そうですね。数に関しては正確なものはつかめておりません。分かっていることは公孫槐が作り出した高等な殭屍は十体にも満たないということです」

羌音の話によれば、なんと皇帝は、その高等な殭屍たちと一緒に、夜な夜な若い娘を磔《はりつけ》にした上、鮮血を垂らし、玉の碗《わん》に盛って飲んだり、宦官や宮女、官吏を生きたまま斬り殺し、その血で風呂《ふろ》を立てたり、酒と混ぜて飲んだりする宴《うたげ》を繰り広げているようだ。

「でも、どうして劉覇さまは、殭屍を倒す勅書を持っているんですか」

　皇帝が崔倢伃の味方なら、崔倢伃の不利になることはしないはずではないか。

　羌音はもっともな問いに頷き、答えた。

「わずかに陛下が正気になった時に、皇后陛下がなかば無理やり玉璽を押させたのです。我々宦官も、必死でした。そうしなければ、次は自分がバラバラにされるかもしれないからです。宦官の血はまずいまずいとおっしゃいながら、陛下は日に何人も殺しておられましたからね」

　木蘭は背筋がぞっとした。

「陛下は、今は――」

「幸いなことに殭屍ではなく、人間のままであられ、清涼殿におられます。ですが、そこは殭屍の巣です。近づくことはできません。とにかく、陛下のおわすところ以外の殭屍を先に排除しようとしています」

　木蘭は思っていたよりも敵が大きく、自分の任務が責任重大であることに気がついた。しかし、話を聞いても怯《ひる》むことはなかった。

　彼女は、姉の仇を討つ闘志を燃やしたし、武人の娘として臆病《おくびょう》な性格でもなかった。心は使命感によって決まり、腹をくくった。何があっても、殭屍を討つ手助けをする。

「黎女官に手伝っていただきたいのは、簡単なことです」

羌音は言う。

「後宮は崔倢伃派と皇后派の二つに分かれています。これからは、黎女官には、皇后派内の連絡係として動いて欲しいのです」

「連絡係ってなにをすればいいのですか？」

「私がお持ちした文を、尚衣で仕立てた衣や洗濯物とともに協力者たちに配って欲しいのでございます」

「そういうことなら、できると思います」

「掖庭殿にも行かなければなりません。どうぞお気をつけてください」

木蘭は快諾した。羌音は、長居は無用とばかりにそれだけ言うと菓子を持って来た伊良亜に礼を言い、部屋を後にする。

「大丈夫でございますか」

伊良亜が気遣う顔で木蘭を見た。

「大丈夫よ。べつに難しいことを頼まれたのではないわ」

たとえ難しいことを頼まれたとしても断るつもりは木蘭にはなかった。

なにしろ、皇后陛下は木蘭だけでなく、伊良亜や衛詩にまで心を配ってくださっている。なんと伊良亜は官婢《かんぴ》の身分を解かれ、宮女に格上げとなり、衛詩とともに木蘭付きとなった。木蘭は新たな門出に胸が高鳴りわくわくしていた。

「こんないい部屋に住めるなんて思いもしませんでした。これも木蘭姉さんが、梁王さまの許婚《いいなずけ》だからですね」

木蘭が梁王の許婚だと明かされた昨夜、衛詩は、信じられないとばかりに目を丸くしていたが、本当に木蘭が女官となると、大喜びだ。女官用の部屋の隅に小さな自分の床をつくって寝ることになったので、その部屋に入ると、窓を開けたり閉めたり、なにも入っていない棚の引き出しを引いてみたり、化粧台があるので、自分のそばかすを何度も鏡で確認しては、白粉《おしろい》で隠してみたりする。

「髪型はこれでよろしいですか」

そんな衛詩の横で、慣れた手つきの伊良亜が、木蘭の髪を結い上げる。

髪飾りは劉覇からもらった銀の釵《かんざし》。女官服は、くすんだ青色。汚れが目立つので明るい色はまず支給されないのだ。それでも着古したものではなく、新しい衣で、襟もまっさらだった。

「これは、なんでしょう」

宝石箱が卓の上にあり、伊良亜が木蘭に手渡した。興味深そうに衛詩がやってきて、卓に肘《ひじ》をついてそれを見る。木蘭は漆の箱の金具をはずすと、ゆっくり蓋を開けた。

「首飾りだわ」

親指の爪ほどの大きさの水晶で、朱色の紐《ひも》がついている。伊良亜がため息交じりに言った。

「素敵です」

添えられた文には、達筆な字で「喜んで貰《もら》えれば幸いだ」と書かれている。劉覇の字だ。木蘭はそれを読むと、宝石箱の蓋《ふた》をした。そして箱を引き出しの奥にしまう。

「つけてみないのですか」

伊良亜が言い、衛詩が意味ありげに微笑んだ。

「恥ずかしいのよ、そうでしょ？　木蘭姉さん」

「そんなんじゃないわよ」

「嘘。だったらつけてみて」

木蘭は苦笑する。首飾りをもらって嬉《うれ》しくないと言えば嘘になる。だが、劉覇へは複雑な感情があるのも事実。首飾りはまだ引き出しの中が相応《ふさわ》しいように思われた。しかし、それを子供の衛詩に説明するのは、難しい。

「そうかもね」

片目を瞑《つぶ》ってみせた木蘭に衛詩は笑みを向け、木蘭の心を察した伊良亜は、小さく頷《うなず》いた。木蘭は、これ以上劉覇の話題に触れられたくなくて、話題を変える。

「ねえ、ところで、殭屍は夜しか活動しないって羌音さまが言っていたけど、昼間はどうしているのかしら？」

木蘭の問いに伊良亜は答えた。

「我が国の言い伝えでは、殭屍《キョンシー》は昼間、棺《ひつぎ》の中にいて、干からびた死体に過ぎないのに、夜になると肉に弾力が出て、生きていたころのままの姿になるそうです」

「へぇ」

夜の殭屍には牙《きば》があり、赤い瞳《ひとみ》の色が月光にらんらんと光っているのだと伊良亜はつけ加えた。

そして木蘭は、部屋の隅に無造作に置かれた大きな麻袋を見た。

「これはなに？」

「もち米です」

衛詩が言う。

「なぜ、もち米がここにあるの？」

「さっき、羌宦官《かんがん》さまが、背負って来られたんです。炊いて食べましょうよ、木蘭姉さん」

木蘭が、衛詩の言葉に苦笑する横で、伊良亜が、米を絹の巾着《きんちゃく》に詰め一人ずつ手渡してくれる。渡された木蘭は訳が分からずきょとんと伊良亜を見上げた。

「皆、少しずつ持っていましょう。もち米は殭屍が苦手とするものだと、羌宦官さまがおっしゃっていました」

「もち米が？　麦や、粟《あわ》ではだめなの？」

「そのようです。嫌うだけで、殺すことはできないようですが、それでもないよりよいでしょう。部屋の周りに撒《ま》いておきましょう」

衛詩がもったいないと騒ぎ立てたが、思い切りのいい伊良亜はもち米を戸口や窓の周りに撒きだした。こういうところに、おそらく生まれは高貴な娘だっただろうことが垣間見《かいまみ》られる。もしかしたら、楼蘭の王女かもしれない。木蘭は尋ねる。

「伊良亜、あなたの国はまだあるの？」

伊良亜が驚いた顔でこちらを見た。青い目と茶色がかった巻き毛が可愛い。

「国はあるでしょう。でもそれが私の知っているのと同じ国かはわかりません」

父が部下と楼蘭攻略の話をしているのを木蘭は子供の頃、聞いたことがあった。

「でも大地があります」

「大地？」

「私が住んでいた大地です。沙漠《さばく》に囲まれた美しい湖に緑地があるのです」

木蘭は頷いた。

「そうね。季節が移ろい、人が生き死にしても、大地と太陽はいつもそこに変わらずにあるわ」

「いつか帰ることができたらと思っているのです」

「帰れるわ、きっと。あなたはもう官婢ではないのだもの。宮女の身が自由になれば、どこにだって行ける。どこへだってよ」

伊良亜が、木蘭の言葉に優しい瞳になった。

「そうですね」

「ええ。そうよ」

木蘭は、伊良亜からもらったもち米の入った巾着を開けてみた。艶《つや》やかな真っ白な米がぎっしりと入っている。

「危ない目にあったらすぐに逃げることです。このもち米を投げつけてやればいいんです」

「そうね」

木蘭は仲間がいることに感謝した。そして、姉にもらった剣を取り出す。

「『我、死しても天に背かず』お姉さまも劉覇さまに協力していたの。きっと崇高な気持ちで殭屍に立ち向かっていたんだわ」

衛詩が憧《あこが》れめいた瞳で木蘭の剣を見、伊良亜が、それを手に取り言った。

「銀には魔物を浄化する力があると、我が国でも考えられています。きっとその短剣が、木蘭さまを殭屍から守ってくれるはずですわ」

「違いないわ」

衛詩が木蘭の肩を揺すった。

「それにしても、明女官さまのあの顔ったら、今思い出してもおかしいです」

衛詩は、笑いながら、木蘭たちの同意を求める。

木蘭を中級の女官にすると辞令が下ったとき、明女官は、あんぐりと口を開け、信じられないとばかりに木蘭を睨《にら》んだ。

しかし、本当に彼女が女官になると、今度はゴマをするのに必死で滑稽《こっけい》だった。そんなことをされても仲良くする気にはなれない。鞭打《むちう》ちされた尻《しり》はまだ痛むのだ。

「あの意地悪宮女の徐貝だって、今やあなたより立場が下よ」

木蘭の言葉に伊良亜が微笑んだ。

「すでに徐宮女は、私にこう言いましたわ。『伊良亜さま、なにかご用はございませんか。お言いつけになんでも従います』」

木蘭と衛詩は声を上げて笑った。ちょうど、昼食の米の粉と牛肉の羹《あつもの》が、部屋に運ばれて、久々の肉に皆が歓喜する。匙《さじ》で掬《すく》って食べれば、肉の甘みが胃に染みた。お腹いっぱい食べるのもどれほどぶりだろう。小麦の餅《もち》があるのは、劉覇が気を利かせてくれたのかと思うと面はゆくなる。

しかし、戸を叩《たた》く音がして、皆の笑いが引っ込んだ。

「黎女官」

「班女官」

初日に木蘭を宮門に迎えに来て案内してくれた女官だった。今は木蘭の方が立場が上となったが、彼女に敬意を表して木蘭は、頭を丁寧に下げた。

「こちらを椒房殿へお持ちください」

「これは――」

渡されたのは、黄金の衣だった。背に七色の鳳凰《ほうおう》が刺繍《ししゅう》されている見事な一着だ。

木蘭は思わずため息を吐いた。それが漆の盆の上に置いてある。聞かずとも、これは皇后のお召し物である。

「黎女官、気をつけてお持ちください」

「はい」

木蘭は与えられた大役に身を硬くした。

伊良亜が班女官から漆の盆を代わりに受け取ってくれなかったら、きっと落としてしまったことだろう。

ただ、その役目について木蘭は羌音から聞いている。皇后陛下が、木蘭が新しく配下になったため、会いたいとおっしゃったのだ。初めて拝謁を賜るということで、木蘭の緊張はさらに高まった。

「行って参ります」

「お気をつけて」

木蘭は鏡で身支度が変ではないか、確認する間もなく部屋を出た。連れ立つのは、伊良亜だ。衛詩はいささか頼りないので部屋の掃除を済ませるように言いつけた。

「皇后のおられる椒房殿は皇帝陛下の居所である未央宮前殿の北側にあります」

「たしか、椒房殿の更に北に掖庭殿があるのよね？」

「はい」

この皇宮に子供のころに連れてこられた伊良亜は、後宮のことに詳しかった。木蘭は彼女を心強く思い、二人で尚衣の役所から椒房殿へと向かう。宮殿と宮殿の間に挟まれた路《みち》には、人はあまりいなかった。日差しが強く、眩暈《めまい》が起こりそうなぐらいだったが、木蘭の心は晴れやかだった。自分がやるべきことが分かり、今は崔倢伃という姉を殺した敵の名まで分かっている。

「ここです……」

巨大な宮殿には「椒房殿」と書かれ、長い階段のある基壇《きだん》の上にあった。朱色の漆の建物で甍《いらか》の載った屋根が両手を広げている。伊良亜が言った。

「通り雨ですわ」

青空の下、霧のような雨が降り出して、木蘭たちは階段を大急ぎで駆け上がった。

3

「よく来ましたね、黎木蘭」

わずかに衣が濡《ぬ》れたというのに、木蘭たちは、咎《とが》められることがなかった。

恐縮している彼女の前に現れたのは、晏《あん》皇后。

五十代半ばの豊艶《ほうえん》な女性だった。黄金の椅子に座る姿は堂々とし、紫の衣には獅子《しし》が刺繍されている。微笑する顔の裏には、厳しさを併せ持っているように見えた。

「黎光禄勲《こうろくくん》のことは、本当に残念なことでした。数々の功績を残し、これからも皇帝陛下をお支えするよき臣下でしたのに、悔やまれてなりません」

皇后が、まず黎史成を悼んでくれた。木蘭はその優しさに感謝する。

「お言葉痛み入ります」

「覇の許婚《いいなずけ》とか。未来の夫に尽くすのはよきことです」

木蘭は深々と頭を下げる。少し、間を置いて、女官たちが下がるのを確認してから皇后は続けた。

「殭屍《キョンシー》のことは覇から聞きましたか」

「はい。悪い魔物が宮廷を蝕《むしば》んでいると伺っております」

皇后は頷《うなず》く。

「覇だけが、今は頼りなのです。あなたの協力があれば、覇も更に務めに励むことでしょう。今後も覇を助け、殭屍を滅するのを手伝ってくれませんか」

「わたしが手伝ってもよろしいのですか」

木蘭は明るい顔を上げる。

「もちろんです、黎木蘭。父や兄を殺されたのに、あなたは黙っているつもりですか。これは、きっとあなたの使命なのです」

「感謝します、皇后陛下。家族の仇《かたき》を必ず討ち、皇后陛下のご期待に添えるようにいたします」

「うむ。頼もしく思いますよ。その功にわたくしは必ず報いましょう」

木蘭は顔を紅潮させ命を拝した。皇后は、髪飾りや絹の反物を木蘭に贈り、彼女に期待していることを示すだけでなく、伊良亜にも土産をくれる。

木蘭は己の道を見つけた気がした。国のために働くのは、崇高な姉の遺《のこ》した「我、死しても天に背かず」という言葉を体現する道である。

それに劉覇は皇后の腹を痛めた子ではないが、劉覇の後見であり、母代わりである。その人に認められるのは喜ばしい。

「ありがとうございます、皇后陛下」

木蘭は、笑みを見せた。

＊
「よい娘ではありませんか」

木蘭が去った後、皇后が衝立《ついたて》の向こうに声をかけた。

出てきたのは、黒い官服を着た梁王覇。彼は眉《まゆ》をわずかに寄せると、「恐縮です」とだけ答える。正直、木蘭を椒房殿に招いた皇后のお節介を不快に思っていた。

「父親と兄まで殭屍に殺されたのでは、さぞや恨みに思っていることでしょう」

「城外にまで殭屍が現れるようになるとは、思ってもいませんでした。黎光禄勲親子が狙われたのは、私の落ち度です、陛下」

「やはり、そなたへの報復なのでしょうか」

「そうとしか考えられません。その前に崔倢伃《しょうよ》の手の者を何人か始末しましたから、そのせいでしょう」

劉覇は黙った。

木蘭は、劉覇が守らなければならない人だ。

彼女にはもう父も兄もいない。

その死の責任はおそらく劉覇にある。

仇を討ちたいと言った彼女の真剣な瞳《ひとみ》から逃れられなくて、この皇宮に残って協力していいと言ってしまった。しかし、それは正しい選択だったのだろうか――。

「美しい娘ですね。なにより曲がったところがなにもない。結婚すれば、よい夫婦になりましょう」

「そうすべきでないと思っています」

「どういうことです？」

「皇帝陛下の勅命での婚約でなければ、今頃破談にしています」

皇后が不満そうな顔をする。

「黎家は建国以来の武家の名門です。国の礎を築いた一族の一つと言っても過言ではありません。娘も見目麗しく、性格もいい。なにを不満に思うのですか。それに婚約は黎光禄勲の軍功に報いる形で、皇帝陛下がまだお元気だった頃にお命じになったものです。なんの落ち度もない黎家の令嬢とは破談できませんよ」

劉覇は拱手《きょうしゅ》した。

「御意……」

皇后は扇を開いて視線を劉覇に向けると、目をそらした彼に吐息をもらし、話題を変えた。

「それより、崔倢伃の様子はどうなのですか」

劉覇は拱手したまま答える。

「先日、例の満月の夜に宴《うたげ》を開きました。招かれたのは、殭屍と協力者の人間たちです。酒池肉林の騒ぎを高楼で行ったようです」

「わたくしを馬鹿にしていますね。崔倢伃は、後宮を自分の場所とでも思っているのでしょうか」

「恐れ多いことです」

「男を後宮に入れてはいけないという決まりはそれほど難しいものなのでしょうか。決まりを破れば、すなわち死であるというのも、知らないのでしょうか」

皇后の椒房殿と崔倢伃が暮らす増成舎のある掖庭殿は目と鼻の先だ。崔倢伃は皇后が、自分が殭屍であるのを知っているのを分かっていながら、宮殿外から男を招いて宴を催した。取り締まれるものなら、取り締まってみろという皇后への挑発とも言える。

「どうにかならぬのですか。これでは他の者たちもわたくしを馬鹿にして、好きなように振る舞うことでしょう。皇后の威厳が、すっかり地に落ちてしまいます」

「今は、ご辛抱が肝心かと存じます、陛下」

皇后は顔色を変えぬまま、拳《こぶし》を強く握った。

「必ずあの女の息の根を止めて、皇帝陛下をお救いしなくてはなりません。この国のすべてが殭屍のものになってしまわないうちにです」

「御意」

皇帝は夏の居所である清涼殿から一切出てこない。朝議には出て来るのだが、精気のない顔で、意味不明な言葉をつぶやいている。若き頃、英邁《えいまい》な君主として国に安寧をもたらし、西域の異族を討伐して国土を広げたとはとても思えない姿である。

皇帝の印である玉璽は皇后が持っているのが唯一の希望だ。だがそれも勝手に崔倢伃が、皇帝の言葉だと偽って口勅を下すことがあった。皇后の言うように、いつこの国すべてが奪われても不思議ではない状況なのだ。

——父上をお助けしなければ。

崔倢伃のいいなりで怪しげな術に嵌《は》まり、神人《しんじん》と呼ばれる公孫槐を使って不老昇仙などと称して、殭屍を作り出す「儀式」を皇帝は行っている。

皇帝自身は、殭屍ではなく、人間であるのが救いだが、正気とはとても思えない。すぐにでも救出し、劉覇の師匠である高《こう》老師に診てもらわなくてはならなかった。

「木蘭には、一度は崔倢伃がどんな女かを見せるべきでしょう。戦う相手も知らずに剣を抜くわけにはいかないのですからね」

「御意」

皇后は、国のことを第一に考えている。劉覇も皇后には駒の一つに過ぎない。皇帝の息子として生まれ、国のために働くことは当然のことだ。しかし、木蘭はそうではない。巻き込むべきではなかったかもしれない。が、木蘭のあの強気な性格なら、案外立派に役目を果たせるかもしれない。

手は足りていると木蘭に言った劉覇であったが、殭屍《キョンシー》に対処できる宮女は少ない。自ら志願する者など皆無だ。曲がったところがなく、自分に正直で、殭屍を恐れない彼女に劉覇が期待してしまうのは、自然なことかもしれない。

4

木蘭は、連絡係としての初任務の日を迎えた。

木蘭が皇后派の連絡係として運ばなければいけないのは、側室三人宛ての文で、三人とも崔倢伃の住まいもある掖庭殿内に居を構える。文の宛名《あてな》を見ると錚々《そうそう》たる名前ばかりだ。

王充依《おうじゅうい》、南美人《なんびじん》、張八子《ちょうはっし》。皆、皇帝の身分の高い側室だった。

側室には倢伃、娙娥《けいが》、傛華《ようか》、充依《じゅうい》、美人《びじん》、良人、八子《はっし》、七子《しちし》、長使《ちょうし》、少使《しょうし》、五官《ごかん》、順常《じゅんじょう》、無涓《むけん》、共和《きょうわ》、娛霊《ごれい》、保林《ほりん》、良使《りょうし》、夜者《やしゃ》などの位があり、王充依は四番目、南美人は五番目、張八子は七番目である。それぞれ、舎を与えられた者たちで、宮女や女官を従え、重臣並みの禄《ろく》がある。

皇后や劉覇はこの文を通じて、側室たちに指示を出す。時に、増成舎の様子を窺《うかが》う指示であったり、崔倢伃の催す宴を断るようにとの命令だったりするそうだ。

連絡が途絶えると、側室たちは孤立し、崔倢伃の方に寝返る可能性があるので、これは重要な仕事と言えた。

「早く行きましょう。日が暮れてしまいます」

日が長い夏とはいえ、もう夕暮れ時に近かった。

「急ぎましょう」

伊良亜《せ》に急かされて、側室たちの依頼で作られた衣を盆に載せると、木蘭は彼女とともに慌てて尚衣の役所を出て掖庭殿へと向かう。

そしてまず訪れたのは王充依のところだった。すると、なにも言わなくても宮女が文を充依に渡してくれた。新しく仲間になった木蘭を麗しい充依は珍しそうにちらりと見たが、だれも信用しないらしく、気安く声をかけたりしない。

「承知したとだけ伝えよ」

と言ったのも警戒心の表れだろう。

次に訪れた南美人は、幼顔で品がいい小柄な十代だ。そんな彼女は、木蘭を見ると、

「もうここにはいたくないわ」

と泣き始めた。宮女が今月だけで二人も行方不明になっているのだという。殭屍に連れて行かれるのが怖くて、三月も自分の住まいである椒風舎から一歩も出ておらず、半狂乱状態だった。

「大丈夫ですわ。皇后陛下も南美人のことを案じておられます」

「早くここから出られるように、あなたからも皇后陛下にお伝えして。ね？」

「かしこまりました」

「頼みましたよ」

なんとか木蘭はなだめて、南美人の苦境を伝えるとだけ言うと、逃げるように椒風舎を出た。

「最後の文は、張八子ね」

張八子の名は姉の文で何度か見たことがある。運が良ければ、話を聞けるかもと期待した木蘭だったが、

「黎良人とは交流はありませんでした」

とぴしゃりと言われてしまう。文では、一緒に池を見に行ったり、花々の咲く後宮の庭を散歩したりする仲のように書かれていたというのに、その冷たさは信じがたかった。

「わたしは、黎良人の妹なのです。姉が亡くなったと聞いて、少しでも生前の様子などが知りたくて――」

「お付き合いがなかったのでなにも知りません」

「…………」

とりつく島がない。

張八子の様子から、あまりいい印象を姉に持っていなかったのが分かる。木蘭はがっかりした。とはいえ、南美人のところで時間を使ったせいで、すでに日は落ち始めていた。木蘭は慌てて張八子のところを辞去することにした。

「急ぎましょう、木蘭さま」

赤々と照らす日に追いつこうと、木蘭は伊良亜とともに走った。

しかし、ちょうど掖庭殿の門を出たところで、日が沈んでしまった。昏《くら》い雲が、墨絵のように空に滲《にじ》む。キーキーとコウモリが、夜空に飛び立って行けば、生ぬるい風が、首元を撫《な》でていくのを感じた。

「隠れましょう!」

突然、伊良亜が木蘭の袖《そで》を引いたので、二人は灯籠《とうろう》の陰に座り込んだ。訳も分からず首を上げれば、遠くから、輿《こし》に乗る女の姿が見えた。

青白い鬼火が、辺りを揺らぎ、後ろから行列が来る。ちりんちりんと鈴の音がし、靴を引きずる音がする。

「崔倢伃《しょうよ》です……そして後ろにいるのが、『神人』と呼ばれる殭屍の祖です」

「銀髪を初めて見たわ。あれが、あなたの国から連れてこられたという屍《しかばね》の公孫槐？」

「私の国よりもっと西から来た生きた屍です」

伊良亜が囁《ささや》く。

輿に乗った美女が見えた。豊満な体で、色気がある。

青白い顔に真っ赤な口紅。紺青色の衣には赤の牡丹《ぼたん》が刺繍《ししゅう》されている。

その牡丹にたかる蛾は、皆死にかけているという異様な意匠だ。

朱色の縁取りが襟や袖、裾《すそ》にあり、蛇の文様が施されている。手には朱色の扇。長い爪は黒く塗られ、赤い瞳《ひとみ》は鋭く光る。

『神人』と言われる公孫槐は、片耳に紅玉の耳飾りをし、黒い深衣をまとっている。口の端を上げ不敵に微笑みながら、猫睛石《びょうせいせき》のついた指輪を燦《きら》めかせる。

二人の姿も奇怪だが、彼女に従う者たちも普通ではなかった。

「あれは、なに？」

「あれが下等な殭屍です……」

彼女を庇護《ひご》するのは、両腕を前方に肩の高さまで上げて前進する表情のない者たち。

彼らの顔は崔倢伃より更に青く、腐ったような異臭がする。木蘭は鼻を袖で押さえた。

「下等な殭屍の肉が腐っているのです」

殭屍は、皆、官服を着ているが、文官、武官、宦官《かんがん》、さまざまだ。白目は見えているのか、いないのか、前方を一様に向き、ぴょんぴょんと跳びはねる。

伊良亜が言った。

「輿を担いでいるのは生きた人間のようですね」

「ええ……生きた人間も恐れて殭屍に従うほかないんだわ」

殭屍にもさまざまだと劉覇が言っていたのを思い出した。高等な殭屍が崔倢伃で、生きる屍に過ぎないのが、あの官服の殭屍たちに違いない。

「しっ。来る。輿が見えなくなったら、反対の道を行きましょう」

木蘭が言うと、伊良亜が頷《うなず》いた。ところが、その前に崔倢伃の輿が止まる。

「なんぞ、人の匂いがしないか。若い娘の匂いじゃ」

彼女は、鼻をくんくんとさせる。

木蘭と伊良亜は首を引っ込めて小さくなった。そして万一に備えて、殭屍退治に効くというもち米を握りしめる。もし近づいてきたら、すぐにぶつけてやるつもりだった。しかし、

「さっき腹を満たしたばかりなのに、そなたはまだ空腹なのか」

「なんの臭い？」

神人が薄ら笑った。

「ふん。ただこの辺りでは嗅《か》がぬ匂いがしたと思っただけじゃ」

「宮廷に人が多いとは言え、その調子ではすぐに人がいなくなる」

「ふん。妾《わらわ》を大食漢のように言うのは、無礼じゃ」

行列は崔倢伃の手振りにより、再び動きだし、清涼殿の方へ向かって行った。鈴の音と、殭屍《キョンシー》の跳ぶ音が、ぴたりと合わさって、静かな夜の皇宮を暗色に変える。

「ふはぁ！」

遠退《とおの》いたことを確認すると、木蘭はずっと止めていた息を吸った。伊良亜も血の気の失せた顔で木蘭を見ると、緊張がほどけたせいか尻餅《しりもち》をついて座る。

「殺されるかと思いました」

崔倢伃は背筋も凍るほどの残虐な瞳をしていた。あれは一人、二人ではない数の人を殺しているはずだ。人を操るだけの魅力と、支配する能力を併せ持ち、嗜好《しこう》のために人を殺す実行力さえある。

「恐ろしい人だわ」

崔倢伃は、もとは貧しい家の出身で、皇帝陛下に見初められるまでは、宮女でしかなかったと木蘭は劉覇から聞いた。

「見つかっていたら殺されていたかもしれません」

「ええ。次からは気をつけないと」

木蘭は銀の短剣を抱きしめた。

姉が守ってくれたにちがいない。

それからも、木蘭は反殭屍の劉覇のための連絡係として働いた。

時にそれは、下級宮女や宦官のところへの指示であったり、掖庭殿内の側室たちへの文を届ける仕事であったりした。なるべく昼間に活動していることもあり、崔倢伃と出くわすことはなかったが、彼女の気配はそこかしこに感じた。

「南美人のところの宦官が一人、また姿を消したとのことです。南美人は崔倢伃を怖がってこちらにもう協力をしたくないと言い出しました」

伊良亜が頭を抱えて言った。

「わたしたちの庇護を離れたら南美人は明日《あした》にも殭屍にさせられてしまうわ。それを分からないはずはないのに」

「南美人は後宮から逃げたいのですわ」

「一度、皇帝に嫁いだら、二度と後宮から出られない。それがここの掟《おきて》。皇后陛下とて変えることはできない」

「南美人には気の毒ですが、どうにかもう少し頑張って頂かないと」

「ええ、そうね」

崔婕妤の南美人に対する悪意は、それだけでは終わらなかった。毒殺をもくろんだり、些細《ささい》な間違いを厳しく指摘したり、位を剝奪《はくだつ》しようとまでしていた。地方の役人である父親が不審死したのも、崔婕妤の仕業とのもっぱらの噂だった。

「そうやって崔婕妤は、後宮の人間を脅して、自分の都合のいいように人を動かしているのです。負けてはなりません、南夫人」

木蘭は南美人の話によく耳を傾け、その相談役となり、なんとか彼女を仲間から離脱するのを食い止めた。しかし、それを劉覇に褒めて貰《もら》えるかと思いきや、彼は掖庭殿に出入りする木蘭にいい顔をしなかった。

「もう掖庭殿には近づくな。あそこは危険だ」

いくらがんばっても、劉覇は余計なことをしたとばかり言って喜んではくれなかった。木蘭はがっかりしたが、双眸《そうぼう》を劉覇に向ける。

「皇后陛下からこれは『使命』と仰せつかりました。危険だからといって、わたし一人が逃げるわけにはいきません。そんなことをしたら、わたしを信じてくれた南美人はきっと殭屍の仲間になってしまいます」

「木蘭――」

「わたしは、ただ、劉覇さまの役に立ちたいだけなんです」

木蘭はいつの間にか、仇討《かたきう》ちよりも、劉覇に褒められたいという一心で行動していた。木蘭が危険なことに首を突っ込むことを劉覇が案じているのは理解できるが、彼の手助けをしたかったのだ。

5

木蘭は、その夜は、疲れを感じて部屋で休むことにした。なかなか眠りにつけず寝返りばかり打っていた。

そして、悪夢を見た。

劉覇が殭屍に襲われている夢だ。

「ダメ！」と叫び、はっと飛び起きるとだれもいなかった。

はだけた襟元を直す余裕もなく、木蘭は半身を起こすと荒い息を上げた。見れば、開け放たれた窓の向こうで、激しく雨が降っている。

木蘭は誰かの視線を感じた。

暗闇の中で息を潜めるなにか――。

おそらく獣だ。

その気配にぞっとしたが、雷《いかずち》が斜めに走り、ドンという音を立てると、すぐにそれは消える。

同時に、夢がなんであったかも一緒に忘れ、乱れた衣を慌てて直す。

「きっと疲れているせいなのだわ」

木蘭は、寝台を抜け出し、部屋を出た。外の空気が必要だった。

「酷《ひど》い雨……」

回廊に吹き込むほどの強さだ。

まだ夢の名残から抜け出せない木蘭は、回廊の高欄に座り、白い寝衣のまま雨を見ていた。劉覇のことばかりが頭に浮かび、あんな風に我を通さなければよかったかもしれないと後悔した。

「眠れないのか――」

そこに現れたのは、劉覇。

黒い官服を雨で濡《ぬ》らした彼は、昼間の華やかさとは無縁だった。木蘭は袖《そで》の中の手《しゅ》巾《きん》を取り出して、彼に手渡した。劉覇は木蘭の花が刺繍《ししゅう》されたそれをしばらく見ていたが、ゆっくりと受け取り、頬に垂れる雫《しずく》を拭《ぬぐ》う。

「すまない」

「いえ……」

木蘭は許婚《いいなずけ》を見た。

「こんな時間にどうされたのですか」

彼は少し木蘭から距離を置くと、雨の降りしきる空を見上げる。そこには暗黒があるばかりでなにもない。

劉覇は一拍を置くと、口を開く。

「この前は悪かった」

「なにがですか」

「木蘭の気持ちを踏みにじるような言葉を言ったことだよ」

「気にしていません。いいえ、気にしていました。でもそれはわたしが一方的に強く言ったことを後悔していたからであって、劉覇さまを悪く思ったからではありません。もしかして、心配で様子を見に来てくださったのですか」

劉覇は少し恥じらいを見せて笑った。しかし、木蘭の頰に伸びて来た彼の手は、宙で止まる。手はすぐに引っ込められて、背に隠れてしまった。

「言わなければ、ならないことがある」

「はい」

劉覇の声は真剣だった。悲しみを瞳《ひとみ》に浮かべつつ、微笑む顔があった。

「木蘭とは生涯をともにできない」

「…………」

木蘭は両耳に手を当てて塞《ふさ》いだ。きっと剣などを振り回す女とは結婚できないという話だ。

劉覇の妻になるのだと聞かされて育ち、彼が木蘭の刺繡が好きだと聞けば、一生懸命に刺したし、礼儀作法も梁王后にふさわしいものを身につけた。なにより、文に表れる彼の人柄に憧《あこが》れ、文が来るか来ないか、返事がどんなであるかなど、一喜一憂して、恋という言葉も覚えた。音信不通に腹を立ててはいたけれど、それとこれは別の話だった。

それなのに、「生涯をともにできない」？

「聞きたくありません」

「聞いてもらわなければならないことなのだよ、木蘭」

木蘭は大きく顔を横に振り、耳を押さえたその手を劉覇が摑《つか》み上げようとする。

「木蘭──聞いてくれ」

木蘭はずっと劉覇からもらった指輪を大事にして生きて来た。連絡が取れなくなってからは、破談だろうと諦《あきら》めていたけれど、本人からそのことを告げられるのは辛《つら》い。

「木蘭」

劉覇は、そっと木蘭の腕に手をかける。

「大事なことなのだ。聞いて欲しい」

木蘭は、懇願する劉覇の目になにも言えなくなって、片方ずつ手を離し、だらりと腕を垂らした。彼の向こうで、雨脚が強くなったかと思うと、再び雷が天を駆けた。

「聞いてもらわなければならないことなのだ、木蘭」

「どうしても?」

「ああ……どうしてもだよ」

劉覇の冷たい手が、木蘭の手のひらを握った。

「劉覇さま——」

彼の胸が激しく動悸《どうき》しているのが感じ取れた。

木蘭は、そこにそっと左手を重ねてみた。

彼が苦しんでいるのを見るのは、なにより辛い。劉覇が告白することにより、楽になることができるのなら、木蘭はそうするべきなのかもしれない。

「わたし、伺います。本当は聞きたくないけれど、劉覇さまがお辛いのなら、結婚できない理由を伺います」

「木蘭……」

「でも——それを聞いてどうするかはわたしの自由にさせてください」

「……当然、そうすべきだろう。だが、木蘭のことを思えば、俺は選択肢を与えることはない」

木蘭は抗議の眼を向ける。

彼の顔は闇に覆われてよく見えなかった。

「実は──」

しかし、その時だった。

何かが空を横切ったかと思うと、劉覇が木蘭を地面に押し倒した。状況が分からなくて、劉覇を見た木蘭だったが、覆い被《かぶ》さる彼は回廊の柱を睨《にら》んだ。

「矢だ」

かと思うと、門が蹴《け》り破られた。

出てきたのは、四人の武官だった。

殭屍《キョンシー》だ。

木蘭はぞっとした。青い顔には目から湧き出す蛆《うじ》が這《は》っている。殭屍は飛び跳ねながら、こちらに近づいてくる。筋肉が硬直しているため、上手《うま》く人のように動けないのだ。

「隠れていろ、木蘭」

劉覇は、腰に帯びていた銀剣の鞘《さや》を払う。

「俺が相手だ」

銀剣が自ら光を放つ。

劉覇は階段を飛び、殭屍の前に立ちはだかる。

彼の瞳が、一瞬、赤く燦《きら》めいたように見えたのは気のせいだろうか。

剣は風を切り、殭屍に当たりそうになるが、逃げられる。

逆に他の殭屍に後ろから首を絞められるも、劉覇は回し蹴りで顎《あご》を打ち砕く。すでに死んでいる殭屍は半ば不死身だ。首が曲がったまま立ち上がる。

「劉覇さま……」

それでも道士になる修行を積んだという劉覇の剣術の腕前は一級だった。

袖を翻し、雨が降りしきる中、殭屍の胸を突いた。牙を剝《む》く他の三体を劉覇は睨むと、そのうちの一体の腕を剣で斬り落とす。が、斬られた腕が地面に落ちても、痛みを感じない殭屍にはなんの打撃にもならない。

「くたばれ！　この死に損ないめが！」

悪態を吐いて、劉覇は肘《ひじ》で顔を打ち、足で蹴飛《けと》ばし距離を作る。

殭屍の爪が劉覇の頰を斜めに狙う。

彼はそれを手の甲で払っただけでかわす。

しかし、殭屍は一層、興奮して彼に襲いかかる。

「劉覇さま！　後ろ！」

木蘭は黙っていられなくて叫んだ。

劉覇は、今にも首筋に食いつかんとしていた殭屍の首を力も入れずに綺麗《きれい》に斬り落とした。

ごろりと落ちる殭屍の頭、後ろに落ちるその体。残るはあと、三体。

しかし、そのうち、一体の髭《ひげ》のある殭屍は強者《つわもの》だった。

きっと生きていた時は、かなりの腕前の武人だったのだろう。前に突き出したままの腕を左右に激しく動かして、劉覇の攻撃を見事にかわす。

「強い……」

木蘭は、慌てて部屋に戻ると銀の短剣を取り出した。

騒ぎを聞きつけて伊良亜と衛詩が中庭に姿を現したが、木蘭は「部屋の中にいて！」と叫んで止めた。慌てて戸を閉める二人。

木蘭自身は、だが、逃げようとはしなかった。

劉覇は、剣で一体の殭屍を突き刺し、もう一体を拳《こぶし》で叩《たた》くと、流れるように三体目の足を剣で突き刺す。

しかし、首を切断しなければ、殭屍は死ぬことはない。何度も起き上がってしまう。

彼は一体の首の切断に成功したが、木蘭はもどかしかった。

「見てられないわ！」

功臣、黎史成の娘で、三歳から剣を持った木蘭だ。

長い手足を伸ばすと、劉覇のいる中庭に躍り出た。

雨の降りしきる中、木蘭は短剣で劉覇の後ろを狙った殭屍の背を突き刺した。怖いと思うより先に、劉覇を助けなければという思いでいっぱいだった。

「こっちよ、わたしを狙いなさい！」

「木蘭！」

木蘭は彼女の名を叫ぶ劉覇に微笑んだ。自分を囮《おとり》に使えばいいと。

「大丈夫です、劉覇さま」

木蘭は顔つきを変えると、柳眉《りゅうび》を逆立てて、短剣を握り直す。

短剣は、懐に入っていかなければならないのが不利であるが、筋肉が硬直し動きの鈍い殭屍と違って、俊敏な木蘭には扱いやすい。

彼女はしなやかな体を活《い》かして、殭屍の攻撃を避ける。

脇腹を切りつけると、すぐに屈《かが》んで太もも深くに銀剣を刺し込み、すばやく引き抜くと重心を崩した殭屍の左胸に銀剣を突き刺した。しかし、心臓から少しずれたのか、殭屍は体を大きく揺らしただけで、突進してくる。

——これじゃ、きりがないわ。

こちらは息を切らしているというのに、生きていない殭屍は刺されても不死身で、疲れるということがない。だんだんと現実が見えて来た木蘭は青ざめた。

それでも、息を整えながら、後ろを振り向けば、劉覇が三体目の殭屍の首を落としているところだった。

「木蘭！」

劉覇の声と同時に殭屍が、木蘭の首を絞める。

「ううう」

すごい力だ。体が宙に浮く。

木蘭は殭屍の脛《すね》を蹴り、体勢を崩した殭屍の顎を拳で殴ると、衣の裾《すそ》を翻して回し蹴りした。銀剣で倒れた殭屍の左胸を刺す。

「すぐに首を斬る」

彼の剣が、雨の中炯炯《けいけい》と光り、振り下ろされた。動きを止める殭屍に、木蘭はほっとして体の力を抜いた。驚いた劉覇がそれを支える。

「大丈夫か、木蘭。怪我はないか」

「ええ。大丈夫です」

しかし、立ち上がってみると、いつの間にか足首をくじいたようだった。彼はすぐに屋根のあるところに木蘭を運び、そっと下ろして目をそらした。

雨が、白い寝衣を濡《ぬ》らし、体の線をはっきりと見せているのだ。木蘭は真っ赤になってうつむいた。

「これを……」

劉覇は自分の衣を一枚脱いで、木蘭の肢体を隠す。濡れた彼の衣は冷たかったが、焚《た》きしめられた香の匂いがし、木蘭は羞恥心《しゅうちしん》に襲われた。なにより、木蘭は自分のはしたない行為を酷《ひど》く後悔していた。短剣など振り回すべきではなかったし、体が濡れるのも予測すべきだった。

「破談ですね」

「は？」

「破談なのでしょう？」

劉覇が、首を傾げる。

「剣を持つ女子《おなご》など、嫌なのでしょう？」

「なんでそうなる？」

「皆が言っていました。女子が剣など持つから、梁王さまに愛想をつかされたのだと」

「そうではない。それより、立てるか、木蘭」

「はい……」

木蘭が立ち上がると、劉覇は彼女の体を抱き上げた。そして、部屋まで運び、寝台に座らせる。

「木蘭の剣に助けられたのに、どうしてそれを嫌うんだ？」

「嫌っておられないのですか」

「木蘭が剣を愛しているのは前から知っていた。嫌なら、とっくの昔に止めるように言ったはずだ」

「でも、皆が——」

「問題は俺がどう思うかであって、皆ではない」

木蘭は頷《うなず》く。

「木蘭になんの落ち度があろうか。剣を持つ君は、とても輝いて見えたよ」

木蘭は目頭が熱くなった。そんな風に言ってもらったのは初めてだった。

「木蘭、大事に至らなくてよかった」

劉覇は心の底から安心した顔をする。いつもの無表情で完璧《かんぺき》な彼と違う表情というのはいいものだ。木蘭は、殭屍《キョンシー》に少しだけ感謝した。

「怪我の手当をしよう」

素足の木蘭の足首を劉覇は摑《つか》んだ。白い布と薬を持って来た伊良亜はすぐに気を利かせて部屋を出て行ったから、二人きりになってしまった。目の前に跪《ひざまず》く人の冠《かん》が揺れた。

「劉覇さま……」

「うん？」

「いえ、なんでもありません」

木蘭は、劉覇に触れられる自分の足首の神経が鋭敏になったのを感じて、顔を赤らめ、それ以上なにも言葉を交わすことができなくなった。

6

「身を硬くするな」

劉覇はそう言ったが、木蘭は異性に触れられたことがない。足首を男に摑まれていること自体が恥ずかしくてならなくて、彼女は何度も体をよじった。

「動くなと言っている」

劉覇は、薬を塗りながら足首を強く摑む。

「そんなこと言われても――」

「君を巻き添えにしてしまったことは謝る。もし、俺が今夜、木蘭の部屋に来なかったなら、きっと殭屍はここを襲わなかった」

「今夜、わたしが一緒だったから、よかったんです。父と兄が亡くなった時、一緒にいれば、助けることができたかもしれないと後悔で一杯でした。だから、わたしは好きで巻き込まれたし、黙って見ていられないのがわたしなんです」

「木蘭……」

劉覇は、裂いた布を木蘭の足に巻き、惜しむように一撫《な》でしてから、木蘭から手を離した。木蘭は幼いころは、当然、彼の妻になるものだと思っていた。皇帝から結婚を賜るのは、名誉なことなので、とても誇らしくも思っていた。

劉覇との文を交わすのも楽しかった。幼いころは日常を知らせ合い、物心がつくと、そっと恋の詩を贈ったりした。それはもちろん、恋心からで、二人の間は生まれながらに定められた運命だと信じていた。

久しぶりに再会した劉覇は、想像以上に秀麗な青年に成長していた。

長身で、肩幅が大きく男らしい。

剣を嗜《たしな》むせいで、立つ姿が美しい。

額は大きめで、すっきりとした顎《あご》、意志の強そうな眉《まゆ》は、太めに伸びている。

「君のことを嫌いというわけではない」

劉覇は言った。

「とはいえ、殭屍と戦うのに、弱みを持つことはできない。君を理由に脅されるわけにはいかないのだ。それに俺は――」

言いかけて劉覇は、木蘭の視線に言葉を継ぐのをやめた。

「とにかく――助けてくれたことは、礼をいう」

「劉覇さまがご無事でよかったです」

優しげに微笑する劉覇の品のいいこと。

彼に惹《ひ》かれずにいられない。

心臓がドキリとして慌てて立ち上がる。

彼からすぐに離れなければ——そう思えば思うほど、木蘭は離れることができなかった。

「君の存在は俺を惑わす。俺は殭屍を倒す命を遂行しなければならない身なのに、一緒にいると迷いが生じる」

「わたしは劉覇さまのお手伝いをしたいんです」

劉覇は、木蘭の手を握ったまま俯《うつむ》いた。彼女は許婚《いいなずけ》を抱きしめたかった。なのに、手を離すしか今はできない。

「運命が恨めしいよ、木蘭」

「なにを恨めしく思うのですか」

「この世は、正しいことをする者がいつも馬鹿を見て、人を殺し、苦しめている者ばかりが得をしている。崔倢伃《しょうよ》がのさばる今の時代に生まれた自分が恨めしい。そう思わないか」

木蘭は強く首を振った。

「これを見てください」

彼女は傍らの銀の短剣を見せた。

「これは？」

「姉がわたしに届けてくれたのです」

「黎良人が……」

木蘭は剣を抜いて、劉覇の前に置く。

枕元の明かりが照らしたのは、「我、死しても天に背かず」の文字だった。

「姉が、彫らせたと思うのです。姉は劉覇さまのお手伝いをしていたのでしょう？　その信念が書かれているのです。姉は亡くなってしまいましたが、その心は剣とともにわたしの中にあります。天は劉覇さまの行いをきっと見ていますし、崔倢伃の悪事も忘れていません。いつかきっと天は、罰を崔倢伃と殭屍たちに下すはずです」

劉覇が静かに微笑んだ。

「そうだな」

「そうです」

「劉覇さまの銀剣はどうやって手に入れたものですか。姉のものと似ているように見えます」

劉覇が頷く。

「この剣は、皇帝陛下が、かつて西域へ使者を遣わした時、持ちかえったものと聞いている。見るところ、君の姉上のものとよく似ている。一緒に長安に入った何本かの剣のうち、短剣を誰かが商人にこっそり売り払ったのかもしれない」

「それを姉が買ったのでしょうか」

「銀剣でなければ、殭屍を傷つけることはできない。出入りの商人に言って銀剣を探させて求めたのだろう」

木蘭が鞘《さや》を撫でる。

「では、俺は行く。あまり歩かず、養生するように」

離れようとした劉覇の袖《そで》を木蘭が引いた。

「もう、行ってしまうのですか」

「…………」

「もう少しここにいて頂けませんか」

勇気をふり絞って言った木蘭を、劉覇は蠱惑《こわく》的な瞳《ひとみ》で見つめたかと思うと、強く抱きしめた。

がっしりとした胸板は厚く、香の匂いがほのかに香る。体中の筋肉を緊張させた木蘭だったが、目の前に劉覇の顔が近づいて来た。

ああ、と木蘭は思った。

抵抗はできない。

腰に回る腕の感触に緊張が解け、彼の優しさを感じた木蘭は、劉覇の背にそっと腕を回す。冷たい指先が首筋を撫で、彼の息がそこにかかった。

「ダメだ！」

しかし、突然劉覇に強く突き飛ばされる。強い拒否に彼女は顔を曇らせ、涙を堪《こら》えた。でもわざと笑顔を作る。

「そうですね。おっしゃる通りです。もう夜も明けます。どうか、もうお帰りに」

「木蘭――」

劉覇はなにか言おうと、口を開きかけたが、木蘭は目をそらせてそれを拒んだ。

「お気をつけてお帰りください」

木蘭は、戸口まで見送ろうとしたが、劉覇に止められ、彼は一人で部屋を出て行った。彼の去った戸の向こうでは、雨はいつの間にか止み、白々と夜が明ける。

7

それから、劉覇に会えない数日が過ぎた。

互いに気まずいので木蘭はそれでよかった。

それに彼女にはいつものように仕事があった。王充依、南美人、張八子の三人に衣を届けなければならないのだ。とはいえ、道々考えるのは、劉覇のことばかりだ。彼の指先が木蘭の首筋を撫でて以来、その瞳と凍るほど冷たい指先の感覚を忘れることができない。

「木蘭」と低い声で呼ぶ劉覇の声が今も耳に残っている。

許婚である劉覇への想いは、漠然とした憧《あこが》れめいたものだったが、今はもっと彼を知りたい、彼と話したいという気持ちが強くなった。しかし、劉覇には見えない壁がある。

抱きしめられた時は、天にも昇る気分だったというのに、突き飛ばされた瞬間、木蘭の気持ちは一気に地に落ちた。

――こんなことを考えている場合じゃないわ。

木蘭は姉のために後宮の連絡係になったのだ。

掖庭殿に行けば、王充依は相変わらず淡々とし、南美人は悲嘆にくれていたが、張八子の様子がいつもと違っていた。

どうやら張八子の下にも殭屍《キョンシー》が現れ、逃げ惑う中、一人の宮女が引きずられるようにして連れて行かれてしまったようだ。誇り高い側室は怒りの矛先を劉覇に向けた。

「梁王殿下はなにをなさっているの。助けてくれるというから、協力しているのに、被害は増える一方だわ」

「劉覇さまも全力で戦っておられます」

「それを信じろと？」

吐き捨てる張八子の言葉に木蘭は心の内で反論した。劉覇は、自身も刺客に襲われながらも殭屍と戦い、皇宮の人々を救っている。木蘭は目を伏せたが、美貌《びぼう》の張八子はじっと木蘭を見ていた。

「顔は姉上によく似ているけれど、性格はまったく違うようね」

「姉は美しく聡明《そうめい》です。わたしとは似ても似つきません」

張八子が笑った。

「あなたの瞳は内心を隠し切れていない。言葉は丁寧だけれど、私のことを無礼だと思っているのね」

「…………」

「黎良人は、頭はいいけれど、快活さに欠ける白梅みたいな人だった。あなたは、どちらかというと雑草ね。むしっても、むしっても生えてくる薺《ぺんぺんぐさ》」

木蘭は微笑した。姉と比べられることはよくあることだ。

「わたしは、雑草で構いません。強く生きなければならないのです」

張八子が頷《うなず》く。

「今の世に必要なのは、そういう人間でしょう。図太い人のみが生き残れるのだわ」

木蘭は、張八子に頭を下げた。そして思い切って尋ねてみる。

「あの、八子さま。姉のことを教えてくれませんか。死ぬ前になにか、家族に言い残してはいませんでしたか。八子さまのことは姉の文でいろいろ聞いています。仲良くされていたとか」

「仲良くなどありませんでしたわ。確かに入宮した当初は話すこともありましたけど、その後、付き合いはありません」

「この後宮で生き残るには助け合うしかないと思うのです。姉と八子さまもそうだったのでは、ありませんか」

張八子は鼻を鳴らす。

木蘭は諦めなかった。何かしら、この人は姉のことを知っている。小さなことでもいい。聞き出したい。

「どうしたら、教えてくださいますか」

「わたくしは信用していない人とはおしゃべりをしないことにしています」

木蘭は上座に座る張八子を睨《にら》んだ。

「お願いします。教えてください」

張八子は美しい眉《まゆ》を少し持ち上げる。そして悪戯《いたずら》を思いついたように瞳を木蘭に向けた。

「それなら、一つだけ方法があるわ」

「なんでもします」

「わたくしのところから殭屍に連れ去られた宮女が、増成舎の木に吊《つ》るされているの。その娘を助けて来られたら、あなたを信じましょう」

木蘭は窓の向こうを見た。増成舎はすぐそこだ。昼間だから殭屍はいないだろうが、誰も近寄ろうとはしない。木蘭は顎《あご》を引いて答えた。

「分かりました。今から行ってきます」

どうやら、張八子は本気で木蘭がやると言うとは思っていなかったようだ。止めようと腰を上げかけたが、木蘭はさっさと踵《きびす》を返した。度胸試しをしようと言うのなら、負けられない。

「ちょっと、お待ちなさい！」

張八子の声が追いかけてきたが、木蘭はそれを無視して門を出た。

そして木蘭は、まっすぐに増成舎へと向かう。

怖くないと言えば嘘になる。

皆が口を揃えて増成舎には近づいてはならないと告げている。しかし、現実にはなんてことのない建物で、他の側室たちの居所より少しばかり大きく豪華であるというだけだ。

黒漆の柱に甍《いらか》を葺《ふ》いた建物、前庭に木が二本左右にあるのも同じであるし、裏手に小さな庭があるのも同様。ただ、壁や柱に描かれた彩色画が精密であったり、門の大きさが少し大きかったり、庭の石が珍しいものであるかの違いがあった。

——たしか、増成舎は、そこを右に曲がったところのはず。

昼間だと言うのに、増成舎の近くは人通りもない。怖い物知らずの木蘭は、長い塀の続く道を走ると、増成舎の門の前に立つ。門番すらいなかった。

——静かすぎるわ。

門の外から覗《のぞ》くと、前庭に丹桂《きんもくせい》の木があり、そこに紺色の衣を着た少女が力なく逆さ吊りになっていた。両足を括《くく》られて腕をだらりと下げている。髪は乱れ、素足は剝《む》きだしだ。折檻《せっかん》されたのだろう、背中が血に染まっている。風でその体はぐるぐると回転しているが、彼女はどうすることもできずにいた。足から脱げ落ちた靴だけが、地面にあった。

木蘭はその残酷な仕打ちに、息をのんだ。

——なんの罪もない人にこんなことをするなんて、許せない。

見回すと、人は近くにいないようで、風の音しかしない。

——こんなの怖くない。

木蘭は自分を奮い立たせるためにそう心の中で呟《つぶや》いた。そっと門を潜り、中に入る。

近くに駆け寄って見ると、少女には意識があり、木蘭の姿をその瞳《ひとみ》に力なく映したが、顔は真っ赤、目はうつろ。

丸顔の頬は腫《は》れ上がり、涙が乾いた痕《あと》が残っていた。

木蘭はその痛ましい姿に胸が張り裂けそうだった。

——やはりここに助けに来てよかった。

迷っていたら、きっとこの娘は死んでいた。木蘭は袖《そで》をまくる。

「助けに来たわ」

「あなたは？」

「わたしは木蘭。八子さまに頼まれたの」

「早く逃げて。あなたも捕まってしまう——」

宮女は、木蘭のために言ってくれたが、彼女は逃げるつもりはなかった。今は昼間で、殭屍たちはいない。殭屍の協力者たちが戻って来る前に助けなければならない。

「待っていて」

木蘭は、落下の衝撃を和らげるため、自分の衣を一枚脱いで石畳の上に敷くと、木に登った。そして手を伸ばして綱を取ろうとするも、距離があって届かない。仕方なくもっと高く登り、銀剣を懐から出す。

「いい？　綱を切るわ。頭を庇《かば》って」

二人いれば、もう一人が宮女を受け止めてくれるだろう。でも、助けてくれる人はいない。

宮女は頭を両手で庇い着地に備え、木蘭は綱を切ると、とっさにその端をできるだけ長く握った。しかし重さに耐えられなくて、わずかに落下速度が遅くなったというだけで、宮女は地面に落っこちた。

「うぅ、ううう」

少女は腰を強《したた》かに打ってうめき声を上げ、背を丸める。

しばらく腰を手で押さえ、激痛に耐えていたが、時間はない。木蘭は彼女の腰を何度かさすると、苦痛で顔の歪《ゆが》む宮女の腕を取り背に担ぐ。軽いのがせめてもの助けだった。

「何者だ！」

人影が現れたかと思うと、宦官《かんがん》の声がした。

崔倢仔《しょうよ》にはたくさんの人間の協力者たちがいる。血を供給するだけでなく、完全な服従をすることで生きながらえている者たちだ。もし、なにか一つでも間違いを起こせば、すぐに崔倢仔に消されてしまうので、彼らは必死に木蘭を追いかけて来る。

「あなただけ逃げて」

「そんなことできないわ！」

木蘭は脚に自信がある。

土を蹴《け》って高い塀に囲まれた道を走る。

角を曲がり、灯籠《とうろう》に身を隠す。

「あなたはここに隠れていて。わたしが囮《おとり》になるから」

「待って、ダメよ」

宮女は止めたが、木蘭は立ち上がり、追いかけて来た宦官たちの前をわざと走る。

そしてまっすぐ行けば、道は二つに分かれた。

右に行けば、南に、左に行けば北に行く。

木蘭は自分の手巾《しゅきん》を右の道に落とすと、塀の陰で息を潜めた。

案の定、追っ手は、手巾を見つけると、「こっちだ！」と言って右へと曲がり、木蘭は完全にその姿が見えなくなるのを確認してから元来た道に戻った。

「迎えに来たわ」

木蘭は膝《ひざ》をついて宮女の前に座る。彼女は泣きそうな顔で木蘭の腕を掴《つか》んだ。

「大丈夫？」

「戻って来てくれないかと思ったわ」

「そんなことあるわけないじゃない」

木蘭は優しく微笑み、不安に押しつぶされそうな宮女を抱きしめた。震えている体から木蘭にもその恐れが伝わった。崔倢伃はこういうことを繰り返し、人々を恐怖で支配しようとしているのだ。

──許せない。

木蘭はその良心から怒りが湧き上がるのを抑えられずにいた。

宮女は力なく、「ありがとう」と言うと、気が遠くなりそうになる。

「しっかりして」

木蘭は、宮女の腕を揺すぶって起こすと、自分の背を見せる。

「背に乗って」

「はい」

「もう少しの辛抱よ」

再び、宮女を背負うと、木蘭は全力で走り、息を切らしたまま張八子の居所へと走り込む。すると、開かれていた門の戸はその瞬間とじられて、閂《かんぬき》がかけられた。

「まさか、本当に連れ戻して来るなんて──」

中から出てきた張八子が、階段の上から目を見開いて木蘭に言った。

「逃げ足は速いんです」

彼女はにっこりと答える。

「それより、早くこちらの宮女の手当を。逆さ吊《づ》りにされていて、意識が朦朧《もうろう》としているのです」

　張八子は、宮女が生きていたとも思っていなかったようだ。駆け寄って息があると確認すると、「医者を！」と命じる。

「黎木蘭……」

　驚愕《きょうがく》ともあきれともつかない瞳を張八子は木蘭に向けるが、彼女は肩をすくめた。

「信じていただけましたか」

「ええ……あなたの度胸は十分に分かったわ」

　張八子は、元いたように上座の椅子に座り直すと、女官に目配せをする。

　しばらくすると、女官が漆の盆に帛書《てがみ》を載せて持って来た。

「これを」

　意味が分からず受け取ると、そこには「黎木蘭さま」と書いてある。姉の字だ。

「黎良人から預かったのです。しかし、掖庭殿の外に文を安全に出す方法がなくてわたくしのところに留め置かざるを得ませんでした」

　木蘭は震える指先でそれを受け取る。

「もっと早くに渡すべきでしたが、わたくしは簡単に人を信用しないことにしているのです。あなたが本当に黎良人の妹かも、わたくしには分かりませんからね」

「当然です。こんな時ですから」

木蘭は文を胸に押し当てた。

「遅くなりましたが、文を黎良人の妹に渡せてわたくしも安心しました」

「中はご存じですか」

「人の文を盗み読む趣味はありませんわ」

冷たそうな印象なのに、実のところは優しい人のようだ。木蘭は大きく頭を振ってお辞儀した。

「ありがとうございます！　張八子」

「早く帰って中身を読みなさい」

「感謝します」

木蘭は袖に文を隠すと、部屋を飛び出した。煙雨がじっとりと降っている。赤い傘を広げ、裾《すそ》が濡《ぬ》れるのも気にせず、木蘭は走り出す。掖庭殿を出ても、軽やかな足取りは変わらなかった。母に文を見せれば、きっと喜ぶに違いなかった。

しかし――。

「これは……」

一人、部屋で帛書を広げてみれば、書かれていたのは一文。

「暴室《ぼうしつ》に私の宮女の周百花《しゅうひゃっか》が囚《とら》われています。一刻も早く助けてください。秋菊」

よほど急いだのか、字がひどく乱れている。でも姉の字に間違いない。

「暴室ってどこのことかしら」

木蘭は伊良亜のいる中庭へと出た。

「伊良亜！」

「どうかされたのですか」

「聞きたいことがあるの」

洗濯を干している彼女を木蘭は建物の陰に引っ張って行き、声を潜めた。

「暴室ってなに？　どこにあるか知っている？」

「暴室ですか。暴室は掖庭殿にある宮女たちの監獄のことです」

「掖庭殿にあるの？　監獄が？」

「はい。元々は織物や染め物をする場所でしたが、今は罪を犯した宮女や女官が罰として苦役に服す場所となっています」

「案内してくれないかしら？」

伊良亜は首をすくめた。

「申し訳ありません、わたしは掖庭殿に数えるほどしか行ったことがなく、どこにあるのか分からないのです。分かったとしても中に入るのは許可がいるはずです」

「だれなら分かると思う？」

伊良亜は少し考えてから答えた。

「梁王さまにおたずねになるのが一番、早いかと存じます」

そんなこと木蘭にだって分かっている。ただ、突き飛ばされたこともあり、どんな顔をして会ったらいいのか分からないのだ。劉覇は自分とは距離を置きたがっている。木蘭を皇宮に置いてくれているのは、ただ木蘭の姉の仇《かたき》を討ちたいという気持ちを尊重してくれているからだけだ。

「分かったわ。聞いてみる」

木蘭はそれでも伊良亜にそう言った。

姉の最期の頼みを叶《かな》えるためなら、仕方がない。

他に方法がなさそうなので、木蘭は椒房殿の方へと歩き出した。

歩みは速いが、気は正直、滅《め》入《い》っている。皇后との拝謁を終えた劉覇が階段を下りてくるのが見えた。供は宦官《かんがん》の羌音だけだ。

「劉覇さま」

傘も差さずに走ってくる木蘭の突然の登場に、劉覇は目を見開いたが、感情を殺した微笑を向けた。

「ご挨拶《あいさつ》申し上げます、劉覇さま」

木蘭は劉覇にお辞儀をする。

「どうかしたのか」

「姉の文が見つかったのです」

「……」

手渡すと彼は黙ってそれを読む。

「善処しよう」

木蘭はその返答が気に入らなかった。

「劉覇さま、その暴室なる監獄にわたしが立ち入る許可をください」

「木蘭。暴室は掖庭殿にある。掖庭殿には崔倢伃《しょうよ》の手があちこちに回っている。危険だ」

「でも、これは姉の遺言なのです。急がなくては、その周宮女も殺されてしまうかもしれません。お願いします」

木蘭は必死に劉覇に取りすがる。彼は困惑し、両手を挙げて見せた。

「木蘭。落ち着け」

「落ち着いてなんていられません。周宮女を捜し出したいのです。許可をください」

木蘭の瞳《ひとみ》は勝ち気に劉覇を見る。張八子の宮女を一人救出した興奮はまだ冷めていない。劉覇がため息を吐いた。

「分かった。行こう」

「一緒に、ですか？」

「それに文句があるか」

「い、いいえ……」

「では、今から行こう」

諌《いさ》めるように光音が「殿下……」と囁《ささや》いたが、劉覇は聞こえなかったふりをした。

木蘭は嬉《うれ》しくなって、椒房殿の北にある掖庭殿へと向かう。雨はいつの間にか晴れて、青空が白雲の間からのぞくが、地面は濡れて絹の靴を濡らした。冷たい水が、つま先にたまって、不快な音を立てた。

「木蘭」

劉覇が足を止めた。

「暴室は酷《ひど》い場所だ。俺たちが中を見に行くから、君は尚衣に戻るといい」

「いいえ。一緒に行きます。その宮女は、もしや姉の最期のことを知っているかもしれませんから」

きっぱりと言った木蘭から劉覇が目を背けた。その意味を木蘭は理解できなかった。なにかいけないことを言ったのだろうか。

「では行こう」

劉覇は、掖庭殿内に入ると、その北東へと向かう。日差しは再びなくなって、思い出したように糸雨が降ってきた。空は灰色に雲を凝縮し、今にも崩れようとしている。

劉覇は、黒い高い塀に囲まれた一角に行くと、立ち止まって木蘭を振り返った。

「ここが、暴室だ」

「はい」

木蘭は姿勢を正して、返事をした。

劉覇は無意識だろう。吐息を落とし、自分のつま先を見てから階段を上る。

木蘭はそれに続いて門を潜った。門番が、一瞬、劉覇の行く手を止めたけれど、皇后から後宮内を自由に行動してよいとされているので、門番は突き立てようとしていた矛をすぐにもとに戻す。木蘭と劉覇、遅れて羌音が続く。

「静かですね」

思ったよりそこは静寂に包まれていた。雨が音をかき消してしまうからかもしれない。庭があり、朱色の建物がある。機織りの音だろうか、規則正しい音が聞こえた。

「暴室は満員のはずだ。謀反の騒ぎがあったのは知っているか」

木蘭は首を横に振った。

「数年前のことだ。俺の叔母《おば》の長寿《ちょうじゅ》公主が皇帝陛下を呪っていると崔倢伃の弟の崔少《しょう》府《ふ》が讒言《ざんげん》した。罪は九族に及び、捕らえられたのは数千人。長寿公主と親しかった寵《ちょう》姫《き》の陶俗華《とうようか》も、同じ罪で殺された。それがきっかけで、後宮の力の均衡が大きくくずれ、崔倢伃が後宮で擡頭《たいとう》したのだ。それがすべての始まりだった」

「長寿公主は神人の登用を反対し、陶俗華は崔倢伃と寵愛を競っていた。二人は嵌《は》められて殺されたのだ」

木蘭は、劉覇を見た。しかし、彼は屋根から落ちる雨の雫《しずく》を見ていた。

「ここにいるのは、その騒ぎで罰せられた生き残りたちがほとんどだろう。大抵の者は無辜《むこ》の者だ。しかし、過酷な環境に置かれている。皇后陛下も気にはなさっているが、無実が証明されていないため、温情を施すのが難しい。酷いありさまだが、驚かないで欲しい」

「心します」

そこへ官服の宦官が現れた。贅肉《ぜいにく》ばかりの巨体の男は二本しかない顎鬚《あごひげ》を大事そうに伸ばし、媚《こ》びた笑みを向ける。顔は笑っているが、残忍そうな目は注意深く劉覇を探り、薄い唇はへらへらと左右に揺れた。

「暴室丞《じょう》――ここの責任者だ」

木蘭は丁寧に相手に頭を下げる。相手は劉覇だけを見た。

「殿下。本日はどういったご用でございますか」

「名簿を見せてくれないか。皇后陛下がお捜しの宮女がここにいるかもしれない」

「では中にお入りください」

「そんなことが……」

中に入って、劉覇が机の前に座ると、白湯《さゆ》が椀《わん》に注がれて出てきたが、彼はちらとも見なかった。毒を恐れてよそで食べ物を口にしないのだろう。竹簡を次々と広げていく。木蘭と羌音も手伝って捜すも、なかなか周百花なる名前は見つからない。

「名簿も適当なのだろう」

劉覇は巻物を机に置いた。

名簿上では数千人が暴室に暮らすが、どう考えても五百人以上がここにいるとは思えなかった。

「羌音、周百花の顔は覚えているか」

「うろ覚えです」

「幾つくらいかは分かるだろう？」

「二十歳前後かと思います」

「黎良人の宮女なら、俺も数回会ったことがあるはずだ。顔を見れば分かるかもしれない」

「しかし、ここでの暮らしで面変わりしているかもしれません」

「前庭に、ここに来て一年以内の十六から二十五までの宮女をすべて並ばせよ」

「かしこまりました」

何人いるのだろう。数人だろうかと思っていると、二十人もの宮女が並んだ。皆、

「囚」と書かれた褐色の囚人服を着、うつろな瞳で下を向いていた。どんな災難が降りかかるのだろうかと怯《おび》えているのだ。

劉覇と羌音は、真剣な眼差《まなざ》しで一人一人を見ていく。記憶をたどってのことだから簡単なことではないはずだ。

木蘭は会ったことがないので、その様子を前方から見ていた。暴室丞が、愛想笑いをしたが、木蘭は黙礼をしただけだった。

「いない。ここにはいない」

劉覇は自信ありげに言った。

「牢《ろう》に入れている者はいないか」

「さて、どうでしたでしょうか」

暴室丞は髭《ひげ》のない顔ですっとぼけた。

劉覇は一睨《にら》みし、彼の横にいた牢番の腰から鍵《かぎ》をむしり取ると、建物の中に入る。狭い房に二十人ぐらいが押し込まれている。皆、精気のない顔で、異常に痩《や》せこけ、骨が浮き出て見えていた。囚人は足かせをし、獄卒は鉄杖《てつじょう》を持つ。

「酷い」

木蘭は思わずつぶやいて、すぐに言葉を引っ込めた。驚かないで欲しいと劉覇に初めに言われていたからだ。それでも、汚物がそのままになっている様子にも、鼠が前を横切り、悪臭がするのにも、目をそらさずにいられなかった。

眉《まゆ》を寄せ、動揺を隠すも、心の中はあまりの痛ましさに千々に乱れた。なにゆえ、人は人にこれほど残酷になれるのだろうか。

そんな中、木蘭は一人の囚人と目が合った。

髪が短く切られ、ボサボサ頭のその女は、木蘭と目が合うと、すぐに目をそらしたが、なにかを確認するかのように再びちらっと彼女を見る。

「周百花さん？」

木蘭が言うと、相手は瞠目《どうもく》し、ぶるぶると震える。

「黎良人の妹の黎木蘭です。あなたは姉付きの宮女の周百花さんでしょう？　わたしと姉が似ているからちらちらと見た、そうではありませんか？」

こちらが名乗ると、向こうはようやく警戒心を解き、目を合わせた。叩《たた》かれたのか、左側の顔が腫《は》れている。劉覇と羌音も側に来て、女を見たが、あまりに面変わりしていて、判別がつかない様子だ。

木蘭は尋ねた。

「姉の最後の文にわたしへの誕生日の贈り物が入っていたわ。それがなんであったか分かりますか？」

周百花は、木蘭を見て、そして劉覇を見てから、恐る恐る答えた。

「たしか——銀剣だったかと」

「そう。銀剣だったわ」

彼女が周宮女に間違いない。

劉覇が、鍵を開けるように命じた。

「出よ。話がある」

ぶっきらぼうに劉覇が言ったので、周宮女は怯えたが、木蘭が微笑んで頷《うなず》いてみせるとおずおずと立ち上がり、牢の戸を潜る。

「大変な目に遭ったわね」

「私を出して大丈夫なのですか」

「あとで皇后陛下のお許しを得る」

劉覇はこの場にいたくないとみえ、さっさと牢を出た。すでに外では苦役に従事する囚人たちが、機を織ったり、染め物をしたりしている。ろくな食べ物が与えられず、寝ることも許されず、朝から晩まで働かされているのだろう。皆、よろよろと動きが鈍かった。

「悲しすぎるわ」

木蘭はだれにも聞こえないように、小さく呟《つぶや》いた。

8

木蘭は前を急ぐ劉覇を早足で追いかけた。

劉覇の独断で暴室から出したが、正式に周宮女を自由の身にするには、皇后の許しが必要だった。

「皇后陛下に借りを作ることになってしまった」

「悪いことですか」

「いや……返してもらわなければならない借りはこちらの方が多い。ただ、甘い人ではないというのは覚えていてくれ」

木蘭は振り向き、周百花を見た。

暴室での暮らしはたやすいものではなかったはずだ。

一生をそこで暮らすのかと絶望する日もあっただろう。でも、今は、わずかな希望が、彼女の顔《かんばせ》を明るくさせる。それは木蘭も嬉《うれ》しいことだった。

「よかったわね、劉覇さまが助けてくださって」

木蘭は微笑んだ。

「はい。感謝します」

周女官は嬉しそうに言ったが、ちらりと劉覇と目が合うと、すぐにおどおどと目を伏せた。暴室での生活が、きっと彼女をそうさせるのだろうと木蘭は思った。

そして木蘭は、無言でどんどん先を行く許婚《いいなずけ》に声をかける。

「劉覇さま、もう少しゆっくり歩いてもらえませんか。周宮女は監獄から出てきたばかりで、足腰が弱っています」

劉覇が振り返った。

「急がなければならないのだ。それに大切な話も君としなければならない。その宮女と話す前にな」

劉覇はいつになくぶっきらぼうだった。

木蘭は黙ってその後ろを付いていくことしかできない。ところが、椒房殿の門が見えてきた時だった。

一瞬、なにかが木蘭の頰をかすめたかと思うと、「うっ」という声がした。すばやく振り向けば、周百花が大きく瞳《ひとみ》を見開いていた。木蘭と目が合ったが、その瞳はすぐに宙を向き、回転して瞑《つぶ》った。

「しまった！」

ドサリと、彼女の体が地に横たわったと同時に劉覇の声がして、木蘭の腕を強く引っ張った。見れば、周百花の胸に矢が刺さっているではないか。劉覇が、柳の木の陰に木蘭を隠す。

「百花さん！」

彼女は口から血を流していた。木蘭は駆け寄ろうとしたが、他にも矢が飛んでくるか分からない。劉覇が木蘭の肩を摑《つか》んで離さなかった。

「百花さん！」

やがて襲撃者の気配が消え、木蘭が走り寄った時には、周百花はすでに虫の息だった。木蘭は胸から矢を抜こうとしたが、劉覇に止められる。

「羌音、医者を呼んで来い」

「今すぐ！　殿下」

おそらく、それは無駄だろう。

木蘭は大きな涙を零《こぼ》した。

父と兄をこんな風に見送ってから、それほど経っていない。今、再び、もう一人を失うことは、木蘭にはとても耐えられそうになかった。

「周宮女、しっかりして、ね、しっかりして」

周百花は木蘭を見た。

血に濡《ぬ》れた左手で木蘭の袖《そで》を引いた。

「しっかり。大丈夫、助かるわ」

「…………」

「医者はすぐに来ます。しっかりして」

宮女の髪が寂しく揺れ、唇がなにかを言った。木蘭は耳をそばだてた。

「黎良、人は、生きて、い、ま、す」

「お姉さまが⁉」

「生き、て――」

言葉はそこで途切れた。

彼女の口から溢《あふ》れる血は黒かった。木蘭は、彼女の細く小さな体を揺すぶったけれど、それ以上の言葉は出ることはなく、沈黙だけが、雨の降り注ぐ宮殿の片隅に広がった。

「なんで、なんで……」

無力な自分に木蘭は、悔しさばかりが募った。

周宮女の笑みが瞼《まぶた》の中で蘇《よみがえ》り、歯を食いしばって涙を堪《こら》え、なにも映さない瞳に手のひらをかざすとそっと閉じる。

「木蘭……」

劉覇の手が遺体を離さない木蘭の肩に置かれた。

「ここは危険だ。椒房殿に入ろう。殭屍《キョンシー》たちは、人間の協力者をたくさん持っているのだ。またいつ、襲われるか分からない」

「劉覇さま……」

髪に雨がたまり、大きな雫《しずく》となって、毛先からはね落ちる。木蘭の顔は雨と涙でぐしゃぐしゃだった。

「劉覇さま」

「木蘭……」

「こんなのあんまりです」

「……天は残酷なのだ。書物は、天には網があって悪人をもれなく捕まえるというが、一体、どこにそんな網があり、いつ公正な裁きを下すというのだ。なにもしなくとも必然的に下る天の処罰を待っていたら、俺たちは生き残ることさえできない。なにもしなければ、この地上はすべて殭屍のものになってしまう」

それは絶望に聞こえる。

木蘭は悲しみにくれてはいられないと思った。彼を支えることができるのは、自分しかいないのだから。

「劉覇さま」

木蘭は立ち上がった。

「わたしは、劉覇さまを信じています。かならず殭屍に打ち勝ってください」

劉覇は頷き、遠くから羌音と医者が走ってくるのが見えた。しかし、もう手遅れだ。周百花は、殭屍の手の者に殺されてしまった。しかし、姉が生きているのは、木蘭には朗報だった。

「姉を捜さなければなりません」

「それは……」

木蘭は衣を固く握ったまま劉覇を見る。

きっと簡単な道ではないだろう。暴室のような場所が他にもあって、今頃、姉は苦しんでいるかもしれない。

「木蘭……」

危険すぎると思っているのか、眉《まゆ》を寄せた。

「わたしの使命なのだと思っているのです」

「黎良人のことは俺に任せてくれないだろうか。決して悪いようにはしない」

「いいえ。それはできません。これはわたしのことであるし、これ以上、劉覇さまに迷惑をかけたくありません」

「では、しばし時間をくれ。君に話さなければならないことがある。聞いて欲しいのだ。実は俺は――」

木蘭は首を振った。

「ごめんなさい、劉覇さま。その前に一度、部屋に帰らせてもらえませんか」

目の前で人が死に、返り血が衣を汚していた。雨で頭の先から足の先までびっしょりと濡れてもいる。その上、手のひらは真っ赤で、いろいろなことがいっぺんに起こりすぎて、木蘭の心がついていけていなかった。

「ああ、そうだな。そうした方がいいだろう……」

「ありがとうございます、劉覇さま」

「送って行こう」

木蘭は首を横に振った。

「一人で帰れます」

「だが——」

「少し一人になりたいんです。お願いします」

「そういうことなら……分かった」

「失礼いたします」

木蘭は深く頭を下げると、傘も持たずに尚衣へと急いだ。心の中にあるのは、一つ。

——なぜ劉覇さまはわたしに嘘をついたのか——。

第三章　殭屍《キョンシー》の祖

1

木蘭は、劉覇と別れると、尚衣の自室に一旦《いったん》戻って着替え、一人、禁苑《きんえん》の池の畔《ほとり》を歩いた。

雨は上がり、夏の日差しはやや強くなったが、未《いま》だに空ははっきりしない鈍色《にびいろ》だった。柳の木の下に座れば、池から吹く風が涼をもたらす。

――劉覇さまは嘘をついていた……。

姉が本当に宮女の言う通り、生きているというのなら、最期を看取って、耳飾りを預かったという劉覇の話は矛盾する。なぜ、彼はそんな嘘をついたのだろうか。

「えい！」

木蘭は池に小石を投げた。

ぼとんという音がして、水底に沈んでいくのを見ても、気持ちは晴れない。

姉を捜すのを手伝ってくれると、劉覇は言ってくれたが、そもそも彼は信じるに足る人物なのだろうか。

木蘭が知っているのは、文の上での劉覇だけであるし、ここに来てからの彼は、いつも奥歯に物が挟まったかのようなところがあった。

話したいことがあると言ってはいたけれど、それのことだったのだろうか。

「木蘭さま」

伊良亜が、昼食を持って来た。捜してくれたらしい。

「なにか、お悩みですか」

「劉覇さまのことよ。なにを考えているのかさっぱり分からない」

「殿方というのは、往々にしてそういうものなのですわ。一人でなんでも背負い込んで、自分だけで解決できると自惚《うぬぼ》れているのです。木蘭さまも、分からないことは聞いてみればいいのです。悩んでいるだけ無駄ですわ」

「そうね」

木蘭は、小さく笑みを伊良亜に向ける。

「実はお姉さまは生きているらしいの」

「それはよい知らせです」

「まだ詳細が分からないから、なんとも言えないわ。殭屍たちに囚われているのかもしれないの。早く見つけ出してあげないといけない」

木蘭は長い睫《まつげ》を伏せた。

伊良亜は竹の葉に包まれた餅《もち》を袖《そで》から出すと、半分木蘭に手渡す。

「ありがとう、伊良亜」

木蘭は石の上に座ると、それを頰張る。思い出すのは父のことだ。餅が好物だった。餅が出るといつも上機嫌になり、それを肴《さかな》に酒を飲むのが楽しみだった。父と兄のことを考えると木蘭は涙が出そうになるので、ずっと思い出すまいとしてきたが、よくよく考えれば、一つの疑問が湧く。

「お父さまとお兄さまは、どうして殭屍に殺されたのかしら……」

考えてみればおかしい。

姉を脅すためだったのだろうか。

「梁王殿下と関わりがあるからではありませんか」

伊良亜が言った。

「劉覇さまは自分と関係のある人間だったから殺したのだろうと思っていらっしゃるようだったけれど――」

木蘭は餅を頰張った。伊良亜が首を傾げる。

「でも、ずいぶん長い間、梁王殿下とは、疎遠だったとおっしゃっていませんでしたか。梁王殿下のせいではないような気がします」

確かにそうだ。劉覇は父をずっと避けていたのだから、崔倢伃《しょうよ》の目が黎家に行くのはおかしな話だ。

「なにか他に理由があったのかもしれませんね……」

木蘭はそれに「あっ」と言った。

「お父さまのお役目に関わっていたのかも!?」

父は皇宮の禁門を守る光禄勲《こうろくくん》、兄は宮門を守衛する衛士令《えいしれい》だった。いわば、親子で皇宮の重要な警備を担っていたということになる。

「今は、だれがその職を引き継いだのかしら」

木蘭は顎《あご》に手を当てる。

「光禄勲にだれがなったのかは、分かりませんが、衛士令なら班女官が知っているかもしれません」

「班女官がなぜ?」

「最近、衛士令の制服の変更があったのです。その担当を班女官がしていました」

「班女官なら教えてくれそうね。行ってみるわ」

「工房にいらっしゃると思います」

「分かったわ」

木蘭は尚衣の刺繍《ししゅう》工房に急いだ。班女官は刺繍の名手で他の宮女を統括する以外にも職人の一人として針を握る。

木蘭が工房の一室の戸を開けると、二十人ばかりの宮女たちが、おしゃべりの一つもせず黙々と作業に没頭していた。その上段で中年の班女官が、同じく牡丹《ぼたん》の刺繍をしていた。見事な腕前だ。

「班女官」

木蘭が声をかけると、彼女は慌てて立ち上がり、お辞儀をした。ちょうど、そこに意地悪な明女官が入って来て、あからさまにへつらう笑みを浮かべて礼をする。

「黎女官さま、よろしければ、一緒に菓子でもいかがですか」

「ごめんなさい。班女官に伺いたいことがあるだけなので、また今度」

「まぁ、それは残念ですわ」

木蘭はそれに微笑を返したが、権勢におもねる人は信用できないので、相手にせず、班女官を見た。

「お時間、よろしいでしょうか」

「はい」

二人は廊下に出る。

木蘭は声を潜めた。

「お聞きしたいのは、衛士令のことなのです。新しく就任したのがどなたかご存じですか」

　班女官はかしこまったまま答える。

「それなら、崔幣《さいへい》さまです」

「崔幣？　それはもしかして、崔倢伃の身内ですか？」

「はい。甥《おい》と伺っております」

「そうですか……甥」

　木蘭は、それでは光禄勲も崔倢伃の身内がなっただろうと思った。

　崔倢伃は、ついに後宮だけでなく、政治の表舞台にも自分の力を及ぼそうとしている。皇后陛下には玉璽があるが、崔倢伃には皇帝がいる。今は、どちらにつくか、重臣たちは様子を見ているところだろう。だが、その均衡もいつか崩れてしまう。

「班女官、ありがとうございます」

「いえ」

　木蘭は部屋に戻りながら考える。

　──皇宮の警備を握って、崔倢伃はなにをしようとしているのかしら。

　当然、出入りは自分たちの自由にするはずだ。

　木蘭は腕組みをした。

　父も兄も、皇宮内の門の警備を与《あず》かっていた。

崔倢伃はなにかを皇宮の中に入れるか——あるいは、外に出そうとしているのではないだろうか。

奇《く》しくも今夜は、新月。

殭屍《キョンシー》たちは満月の夜に一番活発に動くことができる。新月の夜は、それよりずっと活動が静かなはずだ。調査するには、今夜はもってこいだ。

「北宮門を探ってみるわ」

「北宮門をですか？」

「ええ。北宮門は、未央宮前殿にも近いし、掖庭殿からも遠くない。そこを見張れば、なにかが分かるかも」

「私もお供します」

「危険だわ」

「お供します」

本当なら、劉覇を誘うべきなのだが、今の木蘭はそうしたいとは思わなかった。彼とは少し距離を置いた方がいい。伊良亜なら信用できる。

木蘭は夜を待って、門へと急いだ。月のない晦《くら》い夜は、気味が悪いほど静かで、コウモリがなにかを窺《うかが》うように、頭上を行き来している他は、警備の者さえ姿がなかった。

ところどころ、松明《たいまつ》が焚《た》かれ、炎が赤く揺らいでいる路《みち》の端を、伊良亜と抱き合うように歩く。手には手燭《しゅしょく》があるとはいえ、幽《かす》かな明かりは頼りなかった。

「天禄閣が見えてきたわ。もうすぐそこよ」

塀の向こうには、書庫である天禄閣の高い屋根が見えた。翡翠《ひすい》色の鬼火がその屋根に揺れる。多くの人が殭屍に殺され、浮かばれずにいるのか、魂は彷徨《さまよ》い、哭《な》いているようだった。

「伊良亜。この国では、人は死ぬと、その精神は、天の門を潜り、骨と骸《むくろ》は地に帰ると信じているの。万物は天のあり方に違《たが》えれば死に絶え、従えば生きることができるんだって。でも、殭屍たちはどう？　魂を失っても生き続けているわ」

「私の国では、生きる屍《しかばね》は、異端者の証拠です。死してなお安らぐことのない永劫《えいごう》の責め苦に晒《さら》されているのです」

「彼らは自分たちのことを『永劫の一族』と呼んでいるらしいわ」

「永遠ではなく、永劫。限りなく長い年月を存在し続けるのでしょうが、殭屍が永遠に栄えることはありません。我が国の神も、この国の神も理に反するものを生かしてはおかないはずですわ」

木蘭は、伊良亜の言葉に力づけられた。

「北宮門よ」

立派な黒い門が前方に現れた。武装した男が四人ほど、そこを守っているが、人通りはやはり少なく、その者たちが生きた人間か、それとも殭屍の仲間かは判別がつかなかった。木蘭たちは、塀の角に隠れ、様子を窺う。

「長い夜になりそうね」

「今夜だけ見張るのでは足りないでしょう。きっと毎夜、ここを見張らなければなりませんわ」

門はここだけではない。

他の門を使うかもしれない。

しかし、劉覇に助けを頼むつもりはない木蘭は、とにかく、自分の勘を頼りに、北宮門の出入りを見張ることに決めた。

夜空は満天の星に燦《きら》めき、夏を司《つかさど》る熒惑《かせい》が、氐宿《ていしゅく》に入っている。天文学によればよい兆しではない。天子の宮殿に賊臣がいることを示しており、少し書物をかじったことのある人なら気づきそうなものなのに、この皇宮ではもう誰も天を仰がないのか、騒ぎにもならない。

「星は悪を告げているのに、どうしてみんな、崔倢伃に荷担するのかしら」

崔倢伃は人間も仲間にして協力させている。

「恐れているのですわ」

木蘭は伊良亜を振り返った。

「死より恐ろしいものがあるのです、木蘭さま」

「それはなに？」

「大切な人を奪われることですわ」

伊良亜がそう言った時、ちょうど荷車が驢馬《ろば》に引かれて門を潜って来た。

「なにかしら」

「さあ」

黒漆の長い木箱が十も運ばれる。荷車を押すのは、無表情で生気のない宦官《かんがん》たちだ。

「あれは、棺《ひつぎ》だわ……」

木蘭の声がかすれた。

2

木蘭と伊良亜は、手燭の明かりを消すと、棺と思われる荷を運ぶ車を遠巻きに追った。

路の角で様子を窺い、十分な距離を保つと、何食わぬ顔で後に続く。

「どこに行くのでしょう」

確かにここをまっすぐ行くと側室たちの住まいである掖庭殿に行き着く。崔倢伃《しょうよ》の住む増成舎はその中にある。

「前から、皆が不思議に思っていたことがあるのです」

伊良亜が言った。木蘭は振り返る。

「なに？」

「皇帝陛下は寵愛《ちょうあい》する崔倢伃に昭陽舎という新しい宮殿を作ったのに、なぜか崔倢伃は以前からある増成舎から動こうとしないのです」

「それはおかしいわね」

何度か、掖庭殿内に入ったことのある木蘭は昭陽舎を見たことがあった。彩色が施された真新しい建物で、漆の匂いがまだ漂う優美な宮殿だ。贅《ぜい》をこらした建具が美しく、柱一つとってもどの宮殿とも違っている。

それに比べると、増成舎は平凡だ。

張八子の宮女を助けに行った時、その門の中に入ったが、権力をその手に握ろうとしている人の居所にしては地味だった。なにかあるのだろうか。

「やはり、掖庭殿に入りますね」

「増成舎の方に行くわ」

「掖庭殿の方だわ」

門の中に顔をつっこんだ時、何者かに、肩を冷たい手で摑《つか》まれた。

「きゃ！」

思わず悲鳴を上げて振り向けば、見慣れた顔が二つ。

「劉覇さま……」

後ろにいるのは羌音だ。彼は拱手《きょうしゅ》した。

「なにをしている？」

「別になにも――」

「嘘をつけ」

木蘭はその言葉にむっとした。

「わたしたちは不審な荷車を追ってここまで来ただけです」

「中は見たのか」

「いいえ。でもおそらく棺かと」

「………」

劉覇は視線を木蘭から荷車の方へとやった。

「どうにか、増成舎の中に入る術《すべ》はありませんか」

「どうして増成舎に入りたいのだ」

「もちろん、姉の行方を探るためです」

「ダメだ。危険すぎる」

劉覇は、木蘭の腕を掴むと強引に掖庭殿の門から引き離した。どんどん、大股《おおまた》で歩く許婚《いいなずけ》に木蘭はたまらなくなって声をかけた。

「劉覇さま。放してください」

「棺はなにに使うか知っているか」

「え？　いいえ……」

木蘭が彼を見上げた。

「殭屍《キョンシー》たちは昼間、棺の中で眠っている。増成舎はやつらの巣なんだ。そこに君は入ろうというのか。それも夜に？」

案じてくれているのは分かる。しかし、木蘭がしなければならないのは、姉を助けること。劉覇の気持ちはありがたいが、木蘭は顎《あご》を上げた。

「巣だと分かっていてどうして、劉覇さまは、なにもしないのですか」

「なにもしていないわけではない。すでに二度、増成舎には火をかけたし、兵士も送って返り討ちに遭っている。多くの人間が、増成舎に行って帰ってこなかった」

「……わたしは帰ってきます」

「木蘭。それは皆が言った言葉だ。『必ず任務を達成いたします』『生きて戻って参ります』でも、帰っては来なかった。簡単に『わたしは帰ってきます』などと言うな」

劉覇は木蘭に怒りをぶつけた。木蘭はそれには素直に悪かったと思った。

「申し訳ありません、劉覇さま……お気持ちを考えていませんでした」

謝って顔を上げると納得がいかないことを思い出す。木蘭は劉覇を睨《にら》んだ。

「でも、なぜ、姉が死んだなどとあの時、わたしに言ったのですか」

「それは――」

「ついてはならない嘘でした」

劉覇が木蘭の手を握ろうとして、彼女はそれを拒んだ。

「ついてはならない嘘でした」

もう一度、同じことを言うと、踵《きびす》を返す。「黎木蘭！」という劉覇の声は無視する。

伊良亜がちょこんと素早く劉覇に礼をして木蘭を追いかけて来た。

「よろしいのですか」

「いいのよ」

木蘭は殭屍を憎んだ。殭屍さえいなければ、父と兄は殺されることはなく、姉は寵《ちょう》姫《き》のまま幸せだっただろう。劉覇との結婚にもなんの支障もなかった。人を喰《く》らい、死しても生きる邪悪な魔物が憎くてならなかった。

「必ず、殭屍をすべて滅ぼしてみせるわ」

木蘭は拳《こぶし》を固く握りしめる。涙がぽろぽろ出るのは、劉覇に酷《ひど》い言葉を言ってしまった後悔のせいだった。

——あんなこと言いたかったのではないわ。

本当は嘘をついた理由が知りたかっただけだ。彼が偽りを口にしたのは、必ずのっぴきならない理由があったはず。でも、劉覇の態度が木蘭を頑《かたく》なにした。

「木蘭さま」

伊良亜の手が木蘭の手に重なった。

「明日《あした》、わたしは増成舎に行くわ」

「それはあまりに無謀なのではありませんか?」

「お姉さまはきっとあそこに捕らえられ、助けを待っている。わたしは行かなければならないのよ」

木蘭は大きな瞳《ひとみ》で伊良亜を見た。増成舎には一度行ったことがある。きっと大丈夫だ。

「心配はいらない。『我、死しても天に背かず』お姉さまの心はわたしが受け継いでいるわ。必ず、憎い殭屍をやっつけてやるんだから」

木蘭はそう言うと、唇を噛《か》んだ。

きっとこれを憎悪というのだろう。

木蘭の澄んだ心に初めて芽生えた感情だった。憤懣《ふんまん》と悲しみ、苛立《いらだ》ちと喪失感、それが胸の中でぐちゃぐちゃになって、殭屍への強い憎しみになった。

「木蘭」

追いついた劉覇に、木蘭はぴしゃりと言った。

「お話しすることはなにもありません」

「君になくても俺にはある」

腕を摑んだ劉覇を木蘭は睨んだ。

「木蘭、君は……泣いたのか」

「泣いてなんかいません」

そう言いつつ、木蘭は袖《そで》で涙を拭《ぬぐ》う。劉覇が呟《つぶや》いた。

「聞け」

木蘭は横柄な男を見上げた。

「黎良人のことだ。死んだと偽りを言ったことは謝らなければならない」

「…………」

「近々、救出するつもりだった。だが、上手《うま》くいかなかった」

木蘭は洟《はな》を啜《すす》った。

「謝って欲しかったわけではありません、劉覇さま。わたしはただただ、殭屍が憎くてならないだけなんです。屍《しかばね》のくせに生きているなんて、おぞましいとは思いませんか。伊良亜の国では殭屍とは永劫《えいごう》の責め苦に遭う者たちなんですって。わたしは殭屍を初めて見た時、その死臭に吐き気がしました。皇宮のすべての殭屍をこの手で討ち、根絶やしにしたい。存在そのものが罪な者たちですわ」

気づくと劉覇の瞳が木蘭を映していなかった。蒼白《そうはく》となり、一歩彼女から離れる。

「劉覇さま？」

「いや……」

「どうかされたのですか」

「なんでもない」

「わたしはただ、殭屍は滅ぶべきだって――」

「なんでもないのだ、木蘭。なんでもない」

口元を軽く緩めた間から、わずかに八重歯が見えた。

「君の言う通り、最終的に殭屍はすべて滅ぶべきなのだ。ありがとう。君は俺が忘れかけていたことを思い出させてくれた」

木蘭は小首を傾げて劉覇を見たが、彼の瞳は微笑んでいるというのに、その視線は木蘭を突き抜けて遠くにあった。そして「また連絡する」とだけ言うと、木蘭に背中を見せた。

3

翌日、中天に日がかかると、木蘭は頰を両手で叩《たた》いて気合いを入れた。

鏡に映る自分は悪くない目をしている。

――だれの迷惑にもならないようにしないと。

木蘭は、今日、掖庭殿内にある増成舎に一人で潜り込もうと考えていた。伊良亜にも内緒にするつもりだ。もちろん、劉覇に相談などしていない。

尚衣からできあがった衣を届けるふりをするために、漆の盆を手に入れた。女官服に着替え、すぐに身分が明らかにならないように、不要なものはすべて部屋に置く。

「よし！」

外に出ると、木蘭は伸びをした。ついに姉を見つけることができるかもしれない。気持ちは晴れやかで、決意に満ちていた。

夏の日差しは目元に影を作り、影は頰を明るく見せた。木蘭は迷いなくまっすぐ歩き出す。

しかし、十歩も行かないうちに、彼女は呼び止められてしまう。

「木蘭」

振り向けば、昨夜と同じ恰好《かっこう》の劉覇である。きっと見張られていたのだろう。木蘭は困惑を隠さなかった。

「劉覇さま……どうして――」

「増成舎に潜り込むつもりなのか」

「………」

「木蘭」

「おっしゃりたいことは分かっています。でも、いつまでも待っていたら姉がどんな目に遭わされるか分かりません。暴室を見たでしょう？　酷い有様でした。姉は増成舎でもっと酷い扱いを受けているかもしれません」

「いや――」

劉覇が言葉を濁し、木蘭を見た。

「一緒に行こう。本当は待っていたのだ。君は見るべきなのだ。殭屍の実体を」

「行ってくれるんですか」

「一人では行かせられない」

劉覇はそれだけ言うと、木蘭の答えを待たずに掖庭殿の方へと歩き出す。大股《おおまた》で歩く彼の背を木蘭は慌てて追いかけた。劉覇の肩幅が広く見えた。

「気をつけろ。昼間といっても殭屍たちには人間の協力者がいる。やつらは自分の身が可愛いから、俺たちを殺すのを躊躇《ちゅうちょ》しない」

「はい」

掖庭殿の門を潜り、木蘭たちは増成舎の前に並んだ。漆黒の宮殿の屋根には無数の鳥が止まり、けたたましく鳴いて木蘭たちを威嚇する。

「危ない！」

二人の近くを好戦的に鳥どもが飛びまわる。劉覇が袖を翻して追い払う。

「中に行こう」

しかし、二人の姿を捉《とら》えると、宦官《かんがん》たちが、五人ほどどこからともなく現れて、行く手を塞《ふさ》いだ。

「殿下、なにか増成舎にご用でしょうか」

「皇后陛下の許しは得ている。崔倢伃《しょうよ》に会いたい」

「倢伃はまだお目覚めではなく――」

「倢伃が昼間に起きていたことなどないだろう？」

「皇帝陛下の度々のお召しでお疲れなのです」

劉覇が鼻で笑う。

「中を見せてもらおう。許可は得ている」

「どのようなお疑いですか」

「崔倢伃が、前の満月の晩、高楼に男を招いたのではないかという疑いがある。皇后陛下の懿旨《いし》はある。見せようか」

はったりを言う劉覇。宦官はそれを信じて口ごもる。

「いえ……」

「どけ」

劉覇は宦官の肩を押しやって中に入った。

「ここが、崔倢伃の部屋――」

中には人間の宮女が一人、掃除をしているだけだった。

紫の玉簾《たますだれ》の向こうに机があり、その上に壺《つぼ》がある。朱漆を内側に塗り、表面を黒漆で塗った上にさらに朱や灰色などで流雲文が描かれている美しい骨董《こっとう》品だ。他にも琥珀《こはく》色の硝子《ガラス》が棚にあり、昼間だというのに火が灯《とも》っている銅の燭台《しょくだい》が部屋の隅に置かれていた。

黒を基調とした部屋は、鼻につく麝香《じゃこう》を焚《た》いているせいか、酷《ひど》く陰気だった。

「崔倢伃がいない」

劉覇の言葉で、部屋の奥にある寝台が空であることが分かった。

「部屋の中に棺桶《かんおけ》があるとばかり思っていた」

「どこかに隠し部屋があるのかもしれません……」

木蘭の言葉に、劉覇が衝立《ついた》てをどかした。しかし、そこは壁。なんの細工もない。二人は家具をひっくり返して捜索するも、崔倢伃が隠れている場所を見つけることができなかった。

「倢伃はどこにいる」

劉覇が短気を起こして先ほどの宦官に向かって銀剣を抜いた。

「散歩に行かれたのやもしれません」

「お休みだと先ほど言っただろう」

「存じません」

ぬけぬけと宦官は言い逃れる。

劉覇は剣を突きつけたが、その前に木蘭がなにかにピンと来た。西域の赤い絨毯《じゅうたん》だ。高価なものだろう。色も鮮やかで、禽獣《きんじゅう》の文が織り込まれている。

「劉覇さま、これを見てください」

「どうした？　木蘭」

「この敷物、おかしくないですか。動かした形跡があります」

部屋は綺麗《きれい》に片付けられているから、埃《ほこり》などないが、わずかに中央からずれている。

木蘭は宦官を見た。頭を下げて平静を保っているふりをしていても、その動揺は隠し切れていない。目が左右に激しく振れ、手足がぶるぶると揺れている。

「ここだ」

劉覇が敷物を取り払った。

「あった！」

扉にコウモリをかたどった取手がついている。劉覇はそれを引き上げた。宦官が止めるも、劉覇は肘鉄《ひじてつ》を顔面にお見舞いし、一人の鼻をへし折ると、次の男の腕をねじり上げて折る。あと三人ばかりいたが、それで静かになった。

「明かりを持って行きましょう」

木蘭は燭台ごと持ってくると、地下へと延びる階段をゆっくりと下りる。

「地下に隠し部屋があったから、崔倢伃は、皇帝陛下から賜った昭陽舎ではなく、この古い増成舎に残っていたのだ」

ようやく二人は崔倢伃が新しい宮殿に移らない謎について納得がいった。

地下はかなり深い。

これだけのものを別に再び作るのは、なかなか難しいだろう。

あるいは、ここと昭陽舎を地下で繋《つな》ぐことも人手さえあれば可能であるから、時を待っていたのかもしれないと思った。

「あれを」

木蘭は燭台を高々と掲げる。広い地下に並ぶのは、棺桶。二百以上はあるだろうか。

高価なものから、粗末な木製のものまで様々だ。劉覇がその一つをそっと開けた。

「これは──」

絶句した劉覇。木蘭が明かりを近づけると、官服を着た干からびた遺体があった。元は重臣か、皇族だったのだろうか。高貴な身を示す佩玉《はいぎょく》を身につけている。

「叔父上《おじ》だ……狩りに出たまま行方不明になっていたはずの──」

彼は、動きを封じ込める呪《じゅ》を赤い文字で書いた黄色い符をその額に貼ると、他の棺《ひつぎ》も開け始めた。

「これは湖英《こえい》だ！　これは陸京《りくきょう》だ！」

劉覇は、知りうる限りの名前を言った。

次を開ければ、宦官、次は女官。

皆、水分を失った真っ黒な顔で苦痛の面持ちをしている。

歯だけが異様に突き出ていた。

親しい人たちの変わり果てた姿に呆然《ぼうぜん》となる劉覇は、拳《こぶし》を棺に打ちつける。そして歯を食いしばって棺を睨《にら》んでいた。木蘭はその手を優しく手のひらで包んだ。

「大丈夫ですか」

「あ、ああ……」

彼は木蘭の言葉で我に返り、固く握ったままだった拳の力を緩めた。

「大丈夫だ」

木蘭は、そんな劉覇に寄り添う。

——部下や知り合いだけでなく、劉覇さまの親類までも殭屍《キョンシー》になっていたなんて。彼の受けた衝撃は察するに余り有る。木蘭も家族を失ったばかりだ。その痛みがよく分かる。

「向こうも見てみよう」

「はい」

劉覇は棺の蓋《ふた》を開ける度に動揺を隠せていなかったが、やがて気を取り直した。

「誰かにこの場を見咎《みとが》められるとまずい。地上にいる殭屍の協力者の宦官たちが、今頃助けを求めて仲間を集めているに違いない」

劉覇は、蒼白《そうはく》の顔を木蘭に向ける。

「崔倢伃の棺を探そう」

「はい」

「見つけ次第、火をかけなければならない」

木蘭は辺りを見回した。

「あれではありませんか？」

一段高いところに立派な棺があった。彩絵《だみえ》の棺には、蛇、コウモリ、獣、などが描かれ、紅玉が象眼されている。一級の芸術品だ。

「間違いないだろう。開けてみよう」

棺の蓋は二人でも重かったが、なんとか押し開けると、そこにいたのは、黒衣に朱色の縁取りの衣を着た崔倢伃《しょうよ》。骸《むくろ》のように干からびているとはいえ、倢伃しか持ち得ぬ紅玉の耳飾りをしているから間違いない。

彼女は腹の上で手を重ねて、棺に横たわっていた。金糸で翡翠《ひすい》の玉片を繋いでつくった玉衣を鎧《よろい》のようにまとっている。玉衣は、玉の力で永遠に肉体を保たせる呪力《じゅりょく》があると信じられており、皇帝や皇族の遺体は、全身を金糸や銀糸、銅系で繋いだ翡翠の玉で覆って埋葬するのがこの国の慣わしだった。

「皇后にでもなった気でいるようだ」

劉覇は憤りを隠さずに言うと、銀剣を抜いた。心臓に剣を打ち込み、首を斬り落とすつもりだ。

「悪縁もこれまでだ！」

劉覇が剣を振り上げる。しかし、それが心臓に達する前に、崔倢伃の目が見開いた。

「おのれ！　見たな！」

みるみるうちに、崔倢伃の顔は生きているがごとくふっくらとしたものになり、劉覇の剣を素手で握って食い止める。銀によりじゅっと肌を焼く音がしたが、崔倢伃はそのまま剣を振り払った。

「なにをしている、皆の者、目覚めよ！」

崔倢伃のかけ声で、殭屍たちが棺から起き上がり始める。木蘭は、崔倢伃と戦うのを止めない劉覇の腕を引っ張った。

「これだけの数を倒せません。逃げましょう」

二人は部屋から走り出て、階段の前まで行くと足を止めた。来たときはなかった階段がもう一つあり、どちらから地上へと上がればいいのか分からなくなったのだ。

「こっちよ」

女の声がする。

「ここから上がりなさい」

「お姉さま！」

青白い燭台《しよくだい》の明かりの前にいるのは、まさしく姉の秋菊。面やつれし、真っ青な顔をしていても、変わることのない美貌《びぼう》の人だった。儚《はかな》げな瞳《ひとみ》に、細い腰、優しく麗しい声。

「逃げなさい、木蘭」

姉は、そうはっきりと言うと木蘭の背を押した。

「お姉さまも一緒に」

「私は行けないの。殿下と二人で逃げなさい」

「でも！」

姉が劉覇に目配せをした。劉覇が木蘭を肩に担ぐ。彼女は抵抗したが、彼は自由にしてはくれなかった。

「ああ……」

木蘭は地上の光を見ると、安堵《あんど》と姉を置き去りにした絶望とで一杯になった。劉覇は無慈悲にも地下の入り口をしっかりと閉めると家具をその上に置いた。

「劉覇さま、姉がまだ――」

「心配いらない」

「どうしてそんなことが言えるのですか」

劉覇は悲しげな瞳を向けた。

「君の姉上は――殭屍なのだ」

木蘭は言葉を失った。

4

「そんなはずはありません。劉覇さまも見たでしょう？　姉は普通でした。しゃべることもできたし、顔も生きている人と変わりありませんでした」

劉覇は、木蘭から顔をそらし、「行こう」と言った。日があるとはいえ、増成舎にいることは危険だった。殭屍の協力者の兵士たちが襲ってくる可能性がある。劉覇は木蘭を無視して増成舎の門を潜って、椒房殿の方へと歩き出す。

「黎良人は高等な殭屍だ。暗いところでは、生きているように見えるかもしれないが、太陽の下で見れば一目瞭然《いちもくりょうぜん》だ。白い肌に青い血管が浮き立ち、凶暴な瞳を隠すことができない。牙は長く、痛みを感じない肌は硬い」

「……でも」

「黎良人は、『神人』、名を公孫槐に血を提供する『協力者』だった」

「なんですって？」

「黎良人は、西域から来た殭屍の祖である公孫槐と情を交わしていたのだ」

「嘘」

「嘘ではない。黎良人は、公孫槐に殭屍にさせられている。だから、他の下等な殭屍と違って人のように見えるのだよ、木蘭」

劉覇が、道の真ん中で立ち止まる。

「公孫槐は、人を誘惑し、その血を求め、時に仲間にする邪悪な男だ。黎良人はそれにだまされてしまった」

劉覇は、秋菊は一人孤独な宮殿の片隅で公孫槐と宴《うたげ》の晩に出会い、その妖艶《ようえん》な容姿に一目惚《ひとめぼ》れをしたという。先に声をかけたのはむろん公孫槐の方だ。

『名をなんという？』

『秋菊です、神人さま』

『詩にあるな。〈夕《ゆうべ》に秋菊の落英を餐《くら》う〉と。その秋菊か——美しい名だ』

男の長く伸びた爪が秋菊の頬を撫《な》でた。そして、傍らに咲く菊を手折ると、それを異様に赤い唇で喰《く》らって見せたという。悪戯《いたずら》な瞳は魅惑的で、男にしておくのはもったいないほど美しい。

『後宮の花々は皇帝に愛《め》でられることもなく、散っていく。不幸なことだと思わぬか』

『私は——』

『至上の快楽を知らずして、なにが生か。そうは思わぬか』

男が近づき、秋菊に接吻《せっぷん》を教え、そして、血をすすり、殭屍の快楽に落とした。それが始まりで人間の「協力者」として秋菊は、公孫槐のお気に入りの一人になったという。

「それで、どうなったのですか」

木蘭が言うと、劉覇は彼女の手を取る。

「黎良人は、やがて公孫槐との血だけの関係に失望した。当然だ。ヤツは決して黎良人を愛していたわけではないし、他にも何人も血を分ける『協力者』がいた。崔倢伃が情人であるとも噂された」

「そんなの、酷《ひど》すぎる……」

「俺は黎良人に情報を流すように協力を頼んだ。彼女は長く迷ったが、結局協力してくれることになった」

「『我、死しても天に背かず』」

「そうだ。良人はなにが正しいかしっかり理解していた。けれど――」

劉覇の瞳が曇り、遠くを見つめた。

「ある日、俺と密《ひそ》かに会う約束をしていたのだ。次にいつ殭屍《キョンシー》の宴が行われるか調べたかった。しかし、それを見られ、崔倢伃は怒り、黎良人を殺そうとした。ところが、公孫槐が『もったいない』と言い出して、黎良人を殭屍の仲間に加えたのだ」

「その時、耳飾りを?」

「ああ。木蘭に渡して欲しいと言っていた」

木蘭は姉を思うと、涙せずにはいられなかった。

いつだって、後宮は楽しいところで、元気にしていると文をよこした姉の儚《はかな》い恋のなんと悲しいことか。木蘭ははっきり、皇帝をお慕い申し上げ、良人という高貴な地位に就いて、本人がそう願っていたように後宮を采配《さいはい》する重要な女人となっていると思っていた。

「後宮は孤独な場所だ。誰を信じていいのかさえ分からず、群れていないと簡単に蹴《け》落《お》とされる。若い黎良人の心にあの化け物がつけ入ったのだよ」

木蘭は空を仰いだ。

天は理不尽で、時に地上に無関心だ。

今まで、殭屍を皆退治すれば、すべては丸く収まるとばかり思っていた。

「劉覇さま、わたしは殭屍が憎いです」

「ああ……」

「憎くて、憎くてたまりません」

木蘭は涙が一粒、頬をつたうのを感じた。劉覇はそれを迷いながら、指先で掬《すく》い、唇に含んだ。

木蘭は自分を吐露した。

「苦しいです、劉覇さま」

「ああ、俺も苦しくてならないよ。でも、木蘭は殭屍を憎むべきだ。憎んで滅ぼすべきだ。強い信念をもって君の銀の短剣で一人残さずその心臓を突くといい」

彼が木蘭の手のひらを自分の心臓にかざす。

「殺せ。必ず、迷わず殺すのだ」

「わたしに姉は殺せません」

劉覇が苦笑する。

「『我、死しても天に背かず』黎良人の気持ちが俺はよく理解できるよ。君には分からないのか？」

「わたしにはできません」

「君に殺されるなら、黎良人も本望だろう」

木蘭は黙った。

そして姉を殺すように言う劉覇の非情を恨む。

「尚衣に戻ります」

「椒房殿に行く方がいい。あちらの方が安全だ。殭屍対策がされている」

「でも――」

「そうして欲しい」

劉覇の手が木蘭の手に触れた。

「優しくしないでください」

「………………」

「優しくされると、勘違いしそうで辛《つら》いんです」

劉覇が冷たく言う。

「木蘭、もう家に帰った方がいいのではないか。黎良人のことも俺に任せてくれ」

「……失礼します」

木蘭はお辞儀する。

しかし、背を向けて凍り付く。

そこに三十名ほどの宦官《かんがん》の兵士たちが現れたのだ。手には剣や矛。殺気立ち、こちらを睨《にら》んでいる。

「椒房殿まで走り、助けを求めるのだ、木蘭」

「それでは、劉覇さまが殺されてしまいます」

「奴らに俺は殺せない」

木蘭は劉覇を見た。あと少し行けば、張八子の居所だ。椒房殿に行くより早い。しかし、張八子が人助けをしてくれるようには思えなかった。

「逃げろ、木蘭」

襲いかかる兵士たち。

劉覇が剣を抜いた。

肩に背負っていたもう一本の剣の鞘《さや》も払うと、構える。木蘭も銀の短剣を取り出した。

「逃げろ！」

しかし、木蘭が逃げる前に兵士が矛を向ける。

木蘭はそれを華麗に避《よ》けると、身軽に体を翻して、男の左肩に短剣を刺した。腕をひねり、腰の剣を奪う。この数と戦うには、短剣はいかにも不利だ。しかも銀剣は人間を斬るには適していない。

木蘭は剣を振り上げ、次の男の右腕を斬る。

とっさに剣を落とした男の太ももを斬って、地面に転がすと、急所を避けて剣を突き刺した。

ちょうど、劉覇が二本の銀剣で、容赦なく兵士の首を切断した。きっと殭屍対策のため、そういう武術を体得しているのだろう。

「木蘭、後ろを見ろ！」

劉覇の声に木蘭は、後ろから襲いかかる男を振り返りもせず、下腹に剣を入れる。

劉覇はほんの瞬《まばた》きほどの間に五人も斬っている。

人並み外れた身体能力だ。

首筋を狙い、血が派手に噴き出した兵士の返り血を浴びると、瞳《ひとみ》が赤らんだ。

太陽の下、彼は木蘭を助けようと必死に戦っている。

その姿は美しい。

剣舞のように袖《そで》を翻し、隙はどこにもない。

二連の佩玉《はいぎょく》が、ぶつかりあって軽やかな音を立てる。

「逃げろ、木蘭」

しかし、二人で退治するには数が多すぎるし、相手は人間だ。

木蘭は急所を狙うのを躊躇《ちゅうちょ》した。だから、同時に五人が劉覇に襲いかかるのを庇《かば》いきれず、五振りが彼の体を一気に突き抜いた。

「劉覇さま！」

木蘭は叫んだが、劉覇は吐血した。

それでも剣を手放さず、杖《つえ》にして膝《ひざ》をつく。

木蘭はその前に立ちはだかった。

「止めて！」

「木蘭」

木蘭から涙が溢《あふ》れた。

多くの大切な人が殭屍によって殺された。

劉覇まで失ったら、生きていけないだろう。

しかし、後ろで膝をついていたはずの人は立ち上がる。

驚いて見れば、怪我はもうない。

零《こぼ》れていた血は乾き、灰となって風にさっと消える。

頬をかすめた切っ先のせいでできた一文字の傷さえなかった。

「殭屍《キョンシー》だ！」

誰かが言った。

「あいつは殭屍だ。気をつけろ！」

そんなことはないと木蘭は言おうとして、言葉をのんだ。劉覇が地を蹴《け》って空を飛んだのだ。

「黙れ！」

兵士に剣を突き出して、回し蹴りで顎《あご》を砕いて倒す。そして間髪を容《い》れずに、次の兵士の頸動脈《けいどうみゃく》を斬る。急所を狙って一撃ですべてを倒した時、彼は息を切らしてさえいなかった。

「逃げろ！　殭屍だ！」

生き残った二人がそう叫び、逃げて行ったが、木蘭も劉覇も追いはしなかった。ただ、互いに視線を合わせたままそらすことができずにいる。

「劉覇さま……」

「……そうだ。俺は殭屍だ。かつて公孫槐に血を吸われ、またその血を与えられた。だが、応急処置をした上で、老師の気で完全な殭屍になることは防いだ」

「では、昼間、行動しているのは——」

「俺は太陽の光は問題ない。他にももち米も銀も人と同じで問題ない。ただ首を斬られれば再生することは、おそらく不可能だろう。俺は魂魄《こんぱく》が上手《うま》く調和されていない状況にある」

「劉覇さま」

「俺は殭屍なのだよ、木蘭」

「でも――」

「君が憎むべき殭屍の一人だ」

木蘭はどうしたらいいのか分からなかった。

だから、銀剣で殭屍を殺すように言ったのだと思うと悲しくなる。

「俺と君は相応《ふさ》うことはない。殭屍と人間は相容れないのだ」

「劉覇さま」

「荷物をまとめるように」

劉覇はそれだけ言うと、木蘭に背を見せた。血まみれの剣はだらりと手からこぼれ落ちそうだった。

「劉覇さま」

名を呼んだが、こちらを見ない。

足早に去って行く劉覇の背はいつもより小さく見える。

彼は木蘭が憎んでいた殭屍の一人なのだ。

不死身で人を殺すところは残忍に見えた。

赤い瞳で、嬉々《きき》として唇についた血を舐《な》めてもいた。

「劉覇さま……」

信じていたすべてが崩れ去るのを感じて木蘭は、その場に座り込んだ。体が信じられないくらい重くて動けない。彼の背は遠のき、木蘭は脱力した体を持て余す。

「黎木蘭だな？」

そこへ、声がして見上げれば、見知らぬ武具をまとった宦官がいた。

「あなたは？」

「来い。崔倢伃《しょうよ》さまがお待ちだ」

三人がかりで大きな麻袋の中に木蘭は入れられる。

「劉覇さま！」

助けを呼ぶ声はしかし、彼には届かない。

「木蘭さま！」

伊良亜の声が聞こえたのは、気のせいだったのだろうか――。

5

——こんな形で知られるべきではなかった。

劉覇は胸が張り裂けそうになるが、柱を支えにようやく立つ。

——自分の口で言うつもりだったというのに。

後悔はいくつもあふれ出た。

まっすぐな瞳を持ち、心根の優しい木蘭への気持ちは、固まりつつあったというのに、こんな最低な形で自分の秘密を知られてしまった。

「殿下」

「羌音か」

「なにかあったのですか」

「木蘭に殭屍だと知られてしまった」

「それは——」

「いつかは言わなければならなかったことだ。仕方ないことだ……」

回廊の高欄でうな垂れる劉覇の背に羌音が手を置く。

「きっと、木蘭さまは気になどなさいません」

「木蘭が気にしなくても、俺が気にする。俺は木蘭を抱きしめた時、五感が震えるほどの強い血の欲求を感じた。淫欲《いんよく》として彼女を喰《く》らいたいと思ったのだ」

「殿下……」

「彼女の夫は、長安の事情などと無関係な、地方に住む貴族がいいだろう。俺が誰かを探してやらなければ」

「そのようなこと……」

劉覇はそうと決めると、立ち上がった。

「崔倢伃の棺《ひつぎ》は増成舎の地下室にあったのだ。それを暴いた俺に対し必ずあの女は報復に出てくる」

劉覇は断固たる声音で言った。

「こちらも以前からの計画通り武装させろ」

「かしこまりました。今すぐ準備をいたします」

皇后は兵力を持っている。それを使うしかない。

見上げれば、椒房殿の屋根の上で烏が鳴いていた。崔倢伃の命でこちらの様子を見張っているのだ。動きは筒抜けというわけだ。

「日が暮れます」

「ああ」

「お怪我は？」

「愚問だ」

「牛の血は用意してあります。今、飲まれますか」

「ああ……そうしよう。でなければ、戦うこともできない」

劉覇は自嘲《じちょう》した。

木蘭の首筋の匂いを嗅《か》いだ時の甘い血の香りは魅惑的だった。一滴の涙さえ、甘露だったのに、その血を飲んだらどんなに――などと考えると、やはり己は人ではなく殭屍であるのだと思い知らされる。

「銀でできた鏃《やじり》の矢を大量に用意せよ」

「かしこまりました」

劉覇は銀の鎧《よろい》を身にまとった。

ずしりとした重みが体にのしかかる。

ところが、そこに木蘭付きの宮女――確か、伊良亜という名の西域の女が息を切らしてやってきた。ちょうど、日が沈むところだった。

「宦官《かんがん》たちが来て木蘭さまを連れ去りました」

「なんだと！」

「掖庭殿の増成舎に向かったと思います！　早くお助けを！」

「すぐに行く」

羌音が止めた。

「危険です。せめて兵が揃うまでお待ちを」

「木蘭を送らなかった俺のせいだ。兵など待っていられない」

「お供します」

「いや、ここにいてお前は皇后陛下をお守りするのだ」

「せめて兵士をお連れください」

「時間がない」

その間にも彼女は殭屍《キョンシー》にされてしまうかもしれない。劉覇は兵を待ってはいられなかった。

彼は、そのまま一人、椒房殿を出て、崔倢伃のいる増成舎に向かった。当然、門の前で殭屍たちが四十体ほど待ち構えている。崔倢伃も公孫槐も高みの見物なのか出てこない。

「かかって来い」

しかし、縛られて気を失っている木蘭の横に立ち、殭屍たちを操る人物に息をのむ。

「黎良人……」

黒衣の彼女の瞳は赤く輝き、唇から牙《きば》が見えている。

「木蘭を殺されたくなくば、剣を置け」

「良人！」

「我ら『永劫《えいごう》の一族』に刃向かった罰を下す時が来た」

秋菊はそう言うと、木蘭の髪を摑《つか》み、その髪を手にする剣で切り落とす。

かなり長い間、血を飲んでいないのだと、その飢えた瞳に劉覇は思った。

「お前を殺す」

人間だった頃の、上品で優しい彼女の面影はなかった。

「かかれ！」

一列に綺麗《きれい》に並んでいた殭屍たちが彼女のかけ声で一斉に前進する。その怪力は、劉覇にもなかなか手に負えない。腕で払われ、壁に打ち付けられた。

「くそ！」

木蘭を人質に取られていると思うと、思い切って戦うことができない。

雑魚《ざこ》を片付けても黎良人がいる。

彼女とどうやって戦ったらいいというのか。そこへ、木蘭が気を取り戻し、よろよろと起き上がりながら、あたりを見た。

細めた瞳に、劉覇を捉《とら》えると、唇だけで「劉覇さま……」と言った。しかし、その頰を姉であるはずの黎良人が強《したた》かに叩《たた》いた。

「お姉さま?」

見上げた木蘭を黎良人は足蹴《あしげ》にした。

「そこで大人しくしておれ!」

まるで別人だ。

劉覇は殭屍の首をかっ斬りながら、木蘭を助ける術《すべ》を考えたが、いい案は浮かばなかった。黎良人は公孫槐のお気に入り。他の高等な殭屍と比べてもかなりの能力がある。

「この死に損ないが!」

木蘭を助けようとする劉覇に次々と殭屍が飛びかかり、襲いかかる。

すでに死んで痛みも良心も感じない存在とは、ある意味無敵の兵士だ。

命じられたまま、標的に襲いかかり、食い殺そうとする。

「劉覇さま!」

木蘭が叫んだ。彼女は身をよじり、必死に抵抗を試みる。

「劉覇さま!」

劉覇は、歯を食いしばった。

自分も殭屍であるというのに、殭屍を抹殺する矛盾。

木蘭のことを愛《いと》おしく想いながら、手を離すほかない現状。

怒りが、剣を握り直す手の力となる。

「劉覇さま」

木蘭が縛られていた綱を、隠していた銀剣で切る。

木蘭は自由になった身で、姉に襲いかかった。

銀剣が黎良人の肌を焼き、後ろにひっくり返る。木蘭は秋菊に馬乗りになった。

「木蘭！」

劉覇は二本の剣で、一気に二体の殭屍を斬る。一体の胸に銀剣を差し込み、もう一体の首を斬り落とす。

「木蘭！」

見れば、彼女は姉ともみ合っていた。

助けに行かなければ。そう思うのに、生きる屍《しかばね》たちは、なかなか消滅しない。

「お姉さま！」

木蘭が銀剣を星明かりの下、振り上げた。

6

木蘭は試されているのだと感じた。

勅命に従い殭屍の姉を殺すのが正しい判断なのだろうか。それとも、肉親を斬らず自分が討たれることこそが、正しい答えなのか。善悪を超える試練が天から課され、木蘭の良心と本質を暴こうとしているのに違いない――そう分かっていても、彼女は振り上げた剣を下ろすことはできなかった。

「殺しなさい、木蘭。その銀剣で私を」

赤い眼を黒くした姉が言ったのは、木蘭の決断を迫る言葉だった。

「生きる屍として永劫に血を吸っては生きられないわ」

「………」

「殺すのです、木蘭。私を自由にして」

姉の目から涙がつたった。

「わたしが大好きなお姉さまを殺すことなんてできないわ！」

「すでに死者である私を殺すのになんの遠慮がいるの？　永久の眠りが私には必要なの、木蘭。私は人を殺してまで生きていきたいとは思っていないわ。もうすでに黎秋菊は死んで、体に住み着いた魔物が暴れているの。木蘭。早く、私を討ちなさい！」

「いやです！」

姉が木蘭の腕を摑む。

「殭屍と戦うと天に誓った時に、商人からその銀剣は買い求めたわ。それで死ぬと私は決めています。木蘭、さあ」

子供のころは、いつもじゃれ合い、大人になってもよく連れだって出かけたものだ。後宮に入った姉を誇りに思い、姉のようになりたくて、いつも一生懸命真似ていた。

「だめ、わたしにはできない……お願い、一緒に家に帰りましょう？」

剣を力なく持っていた手を木蘭は下ろしてしまう。

「過ちは正さなければならないのよ、木蘭」

姉は優しく言ったが、木蘭はなぜ過ちを正すのが自分でなければならないのか分からなかった。無気力になって、剣を落とし、姉に馬乗りしたまま天を望めば、月がそしらぬ顔をしていた。

「木蘭、やらなければやられてしまいます。さあ」

姉は再び、木蘭に剣を持たせようとする。

「お姉さま……」

姉が、木蘭の手に剣を無理やり握らせ、左胸にそれを突き刺した。

「うっ」

苦痛を見せた姉だったが、まだ傷は浅く、死にきれずにもだえる。木蘭は瞼《まぶた》を強く瞑《つぶ》った。姉の決意は固く、剣が心臓を傷つけた今、彼女のために木蘭ができることはただ一つ——。

木蘭は姉の胸に強く銀剣を差し込んだ。

「ああ！」

血は出なかった。

彼女は生きていないから。

ただ、うっすらと微笑んだその顔は昔のまま美しい。

姉の手が伸び、木蘭の手のひらを握る。

いつも温かだったその手は氷のように冷たかった。

剝《む》きだしの牙《きば》が唇から見え、眼が赤になったり黒になったりする。

「頭を切り離せ！　木蘭」

劉覇が叫んだ。

しかし、そんなことはできようはずがないではないか。

木蘭が躊躇《ちゅうちょ》していると、劉覇が自分の銀剣を投げた。

天高く飛んだ剣。

銀剣は木蘭の足下に落ち、彼女は慌てて拾うと握りしめる。

「銀剣で刺しただけでは殭屍《キョンシー》は殺せない！　頭を取らなければ！」

木蘭を凝視したままほとんど体が動かせなくなった姉を、彼女は見下ろすと、大きく息を吸ってから、その前に立つ。劉覇に助けてもらいたかったが、彼は彼で殭屍を一人で五体も相手にしている。木蘭は空を望んだ。

夜空は澄んでいた。

満天の星が輝く下で、銀剣もまた鈍い光を放っている。

蒼白《そうはく》の姉が、木蘭に優しく微笑む。

完全なる死をその顔は欲し、人として生き、そして死にたいと言っていた。

木蘭は鼓動する胸を押さえると、確固たる声音で言った。

「お姉さま、冥府《めいふ》で会いましょう」

「ええ、いつの日かまた――」

「約束です。いつの日か、必ず」

木蘭は銀剣を振り下ろした。

ころりと転がった姉の首――木蘭の胸がぎゅっと締め付けられ、手に残った人を斬る感覚で指先が震える。

「ありがとう。さようなら」

そう聞こえたのは、空耳だろうか。

姉の体は切断された首部分から灰に変わり、あたりに散らばった。

「お姉さま！」

木蘭は灰をかき集めようとしたけれど、その存在を残すことを拒むように手のひらからこぼれ落ちてしまって形を留《とど》めない。そしてあっという間に夜風に攫《さら》われ、一欠片《かけら》もなく消えてなくなった。

「お姉さま……」

花を一緒に摘んだ子供の頃のこと。

母と三人で出かけた時の姉の笑顔。

父に叱られたのを庇《かば》ってくれた日のこと。

木蘭の中で、幼い頃の記憶が細切れになって脳裏に蘇《よみがえ》る。みんな大切な思い出だった。

「お姉さま」

もう一度、姉を呼ぶと、木蘭は座り込みそうになった。が、劉覇の剣が高い音を立てたのを聞き、我に返る。劉覇にすぐ加勢しなければ、彼が危ない。

「劉覇さまから手を離しなさい！」

木蘭が殭屍の喉《のど》を斬り、劉覇がその首を斬る。剣を嗜《たしな》む木蘭は、彼の剣術を見て覚えた。首を斬り落とす角度と、力の加減。コツさえ覚えれば、劉覇のようにはできなくとも、木蘭とて一体、二体の殭屍ぐらいは倒せる。二人は背中合わせに戦って、ついにそこにいたすべての殭屍を倒した。

「木蘭、怪我はないか」

「はい、でも……わたし、姉を殺してしまいました」

「木蘭。黎良人の望みを叶《かな》えてやれるのは、君しかいなかったし、黎良人はすでに死んでいた。殺したのは公孫槐であって君ではない」

「……」

そうは言われても、姉を斬った感触も、灰になる寸前の瞳《ひとみ》も木蘭は覚えている。

「黎家に迎えに来るように連絡する。だからもう家に帰れ。ここには君はもう必要ない」

必要ない、という冷たい言葉に木蘭は傷ついた。少しは役に立っているだろうという自負があったからだ。顔を上げると、無表情に劉覇が続ける。

「婚約も解消する。君は向う見ず過ぎるし、自分勝手で、俺は迷惑をかけられ通しだ。こんな危ない目に二度と遭いたくない」

「劉覇さま……わたしは――」

「本当を言えば、君にはうんざりなんだ。顔も見たくない」

木蘭の瞳から涙が零《こぼ》れ、左胸が軋《きし》んで痛んだ。

「もっと前に言うべきだった。君は重荷でしかなく、俺の前途を閉ざす存在だ」

「劉覇さま……」

「俺はすべての殭屍を抹殺するという君命がある。それを邪魔する君の存在は煩わしいだけだ。分かったら、もう帰れ。本来なら書類を偽造して皇宮に入るのは大罪なのだぞ」

木蘭はぐっと堪《こら》えると反論もせぬまま背を向ける。これ以上、劉覇の前にいたら、恥ずかしいほど取り乱してしまう。そうしたら、最後の砦《とりで》の矜持《きょうじ》さえも失ってしまうのではないか。後ろを振り返ることもできなかった。

「劉覇さま……」

失って初めて、はっきりと彼の存在が木蘭の中で膨らんでいたのが分かる。でも、修復するのは困難だ。彼はこの結婚を止めたがっていたではないか。自分に気のない人にすがっておこぼれの愛を請うのは惨めであるし、彼の辛辣《しんらつ》な言葉に反論できるだけの気力もない。

「木蘭さま、ご無事でしたか」

伊良亜が心配そうに木蘭を見た。

「荷造りを手伝ってくれない？　わたし、家に帰ることになったの」

「それはどうして……」

木蘭は理由を話さず、少しだけ微笑んだ。

「できるだけ早くに出た方がいいわ」

夜明けを待たずに皇宮を離れたかった。

「はい」

木蘭と伊良亜は私室に戻ると荷造りを始める。ここに来た時は、身一つだったというのに、いつの間にかたくさんのもので部屋が溢《あふ》れていた。

劉覇からもらった首飾り。

銅の鏡。

洗面道具。

布団。

彩色が施された漆の花瓶。

一つ一つを指先で撫《な》で、不要なものは、ここに残る衛詩と伊良亜にあげる。

「木蘭姉さんがいなくなるなんて嫌よ」

「衛詩。わたしはもうここにいてはいけないの」

木蘭は、伊良亜に声をかけた。

「門まで見送ってくれない？　母を紹介するわ」

「ぜひそうさせてください」

衛詩は寂しがったが、二人は荷物をまとめると、部屋の外に出た。武装した宦官《かんがん》と羌音がいて、拱手《きょうしゅ》する。

「お迎えに上がりました。お送りいたします。殿下は公務繁多のため見送りはご遠慮するとのことです」

「ありがとうございます」

拱手した羌音に木蘭は頭を下げる。

「さようなら」

彼女は、衛詩と後宮に別れを告げる。

「さようなら」

木蘭は黙礼し、見送りに出てきた班女官や意地悪な明女官にも挨拶《あいさつ》をして姉の遺品を運ぶ宦官たちと尚衣を後にする。もう涙は流さない。

「本当によかったのですか、もう一度、殿下と話し合わなくて？」

直城門が見えてくると、伊良亜が不安げに聞く。

「もう終わったことよ、すべて」

「…………」

「縁がなかったの」

「そんなことはありません。木蘭さまが攫われたと言いに行った時、殿下は、酷《ひど》く動揺して心配されていました。兵士たちが揃うまで待つようにとの羌音さまの進言も聞き入れず、一人飛び出して行かれたのです」

木蘭は苦笑する。

「さぞや、迷惑に思われたことでしょうね」

「木蘭さま……」

「本当のところ、わたしは自分の気持ちがよく分からなくなったの。確かに劉覇さまに対して憧《あこが》れの気持ちもあったし、好きという気持ちもあったかもしれない。でも、お姉さまの死がすべてを変えてしまった」

木蘭は悲しみを抑えた笑みを伊良亜に向ける。

「これ以上、劉覇さまの崇高な任務を邪魔したくはないわ」

「木蘭さまは邪魔などしておられませんわ」

伊良亜は強く言ったが、木蘭の胸には響かなかった。

それよりも、彼女は一刻も早くここを離れたかった。

悲しい恋に破れ、劉覇の顔も見ていたくなかったし、姉を斬った感覚からも逃れたかった。

「ずっと連絡も入れていなかったから、お母さまもきっと心配しているはず」

「そうですわね……」

伊良亜はそれ以上何も言わなかった。

木蘭は直城門の前に立つ。

初めてここに来た時、老人に「皇宮は鬼の住む場所」だと言われて引き返すように忠告されたことを思い出す。結局、鬼の住処《すみか》に木蘭は足を踏み入れてしまった。

「木蘭！」

母が門まで迎えに来てくれていた。馬車があり、見慣れた家人や侍女もいる。張り詰めていた緊張がほどけ、ほっとしたのが分かる。木蘭は門に近づき、母に声をかけようとした。

「お母さま――」

しかし、言葉は外からたくさん入ってくる兵士たちによってかき消されてしまった。百や二百ではない。数千の兵士が、皇宮内に入ろうとしていた。

「これは一体？」

羌音に尋ねると、彼は困った顔をする。

「皇后陛下は、殭屍《キヨンシー》討伐を梁王殿下にお命じになられました」

「皇后さまが？　皇帝陛下はご裁可されたの？」

「許しはありません。皇后陛下が単独で懿旨《いし》によって討伐を命じられたのです」

それでは失敗したとき、賊だと後ろ指を指されてしまう。皇帝陛下への謀反だと言われても反論することができず、きっと劉覇は処刑されてしまう。

「木蘭さまは、しばらくご家族でご領地の田舎に隠れていてください。巻き込まれると大変です」

木蘭は皇宮を振り返った。

東の方向から火の手が見える。

増成舎に劉覇が火を放ったのだろう。

棺《ひつぎ》の部屋は地下であるし、すでに夜だから殭屍たちは活動を始めている。

殺すためというより、朝になって巣に帰さないための処置なのだろう。

「殿下は、命を賭《と》してもすべての殭屍一派を殲滅《せんめつ》する気なのです」

羌音の言葉は木蘭の胸深く染みる。

「劉覇さまはわたしを巻き込まないためにあんな言葉を言ったのね……」

羌音が顔を伏した。

「木蘭さまのことが大事であればこそ、巻き込むことはできません」

煙の臭いが鼻をつき、木蘭は星の瞬く夜空に昇る煙の黒い筋を見上げる。

門楼の上の黄色い旗が、松明《たいまつ》の明かりに照らされ、細い月がぼんやりと流雲の衣をまとっているのが見えた。

掖庭殿に向かう兵士たちの黒い革鎧《かわよろい》が、その下で蠢《うごめ》く。

「戻らなければ」

「戻るってどこへですか」

伊良亜が言った。

「あなたはここで待っていてくれる？」

「あの、木蘭さま！」

伊良亜はしっかり木蘭の袖《そで》を握りしめて離さなかったが、木蘭はそれを優しく解《ほど》いた。

「わたし、気づいてしまったの」

伊良亜が木蘭を見る。

「劉覇さまを助けないといけないって」

木蘭は、頬を赤らめて言葉を続ける。

「それに気づいたのよ」

「木蘭さまは、劉覇さまのことがお好きなんですね？」

木蘭はまっすぐに伊良亜を見ると答えた。

「ええ、好きだわ。だからほうってはおけないの。伊良亜、お母さまをお願い」

「かしこまりました、木蘭さま」

木蘭は頷《うなず》いてみせると、元来た道を戻った。

焦ったのは羌音だ。

「いけません、いけません！　木蘭さま！」

彼は、そう言いながら、必死に追いかけて来たが、彼の足など木蘭には敵《かな》うはずもない。

木蘭は自分の足が軽やかなのを感じた。

うだうだと悩み、落ち込んでいるのは木蘭らしくない。彼女はいつだって空の光の下で、笑って生きて来たのだから。走りながら短くなった髪を一つに縛ると、銀の釵《かんざし》を一本、挿す。

「劉覇さま」

木蘭は、許婚《いいなずけ》の名を口ずさんで、皇宮を走り抜けた。

7

劉覇は、許婚の去った皇宮の書庫、天禄閣の高欄に手を置き、後宮を見下ろしていた。

思い返せば、あれは数年前の夜のことだった。

劉覇は、皇宮にある池の畔《ほとり》で神人――公孫槐と出会った。

彼は女に劣らず美しく、人を引きつける魅惑的な瞳《ひとみ》を持っていた。

紫のそれに見つめられると、女なら簡単に体を許してしまうだろう。

男の劉覇でさえ、呪術《じゅじゅつ》にかかったように彼の方へと足を向けてしまった。

「お前は？」

尋ねると向こうはにやりと笑う。匈奴や烏孫といった西域の人間を何度となく劉覇は見たことがあるが、それよりずっと西の国から来たのだろう。

この国の人間より長身で、漆黒の髪を持ち、鼻が高い。

蒼白《そうはく》な顔は生気がないとはいえ、瞳孔《どうこう》の開いた爛々《らんらん》とした瞳のせいで、「生きて」いるのを感じる。

「我が名は『公孫槐』。この国の者は神人とも呼ぶ。それにしても、梁王覇は長安一の美男だと聞いたが、本当のようだな」

無礼な口の利き方を劉覇はなぜか咎《とが》めることができなかった。

「どうだ。我が一族にならぬか。永劫《えいごう》の命が与えられるだけでなく、最高の快楽もお前のものになる」

劉覇の首筋を男がなぞった。

「私の好みだ、梁王よ。皇族らしい傲慢《ごうまん》さと、若さゆえの偽善が顔に表れている」

「………」

「吸血は、初めは痛むが、やがて至上の歓《よろこ》びとなって欲情する。人はなにかを得るには、なにかを捨てなければならぬものだ。だが、梁王はなにも失わずに、すべてを得ることができる」

男の唇が劉覇の耳をかすめ、そして首元を這《は》う。公孫槐の衣から丹桂《きんもくせい》の香りがした。ため息が出るほどの幽香で、長い爪でなぞられる頬は、誘惑に抗《あらが》いがたくなった。しかし、男の唇が、劉覇に触れそうになったとき、彼は木蘭を思い出した。

「放せ！」

自分は目の前の男と一体、なにをしようとしているというのか。

彼の意識ははっきりとした。

男を突き放し、扇をそれ以上寄るなと構える。当時は、まだ殭屍退治を許された勅命がなく禁中で銀剣を佩《お》びてはいなかった。公孫槐が劉覇の腕を摑《つか》もうとしたのを、扇で払うと、殭屍の祖の怒りに火をつけた。

「その傲慢さが私好みよ、梁王」

「俺に触れるな」

「ふっ。そうやっていくらでも抵抗するがいい」

危険を察知して逃げようとした劉覇の肩を公孫槐は摑み、彼の体を放り投げた。木の幹に強くぶつかって地面に転がった劉覇だったが、武を極めている。近くに落ちていた木の枝を拾うと構える。

「私とそれで手向かうというのか」

公孫槐は誘惑する笑みでこちらを見、そして一瞬にして劉覇の目の前にいた。

腕を上げる余裕もなかったが、劉覇はすぐに己を立て直し、肘《ひじ》を男の顎《あご》に打ち付けた。

わずかでも衝撃を与えることができたようで、公孫槐は顎に触れながら、劉覇を睨《にら》んだ。

「言葉で言っても聞かぬなら、こちらとて力ずくだ」

公孫槐が劉覇の二の腕を掴もうとするが、劉覇の動きはそれより早く、回し蹴《げ》りをした。西に傾く月影が、皎々《こうこう》と輝いた。確かに殭屍《キョンシー》の胸に蹴りを当てた——はずだった。しかし、相手はびくともしない。

「そういう反抗は嫌いではない」

唇を指で撫《な》でて公孫槐は言った。劉覇は髻《もとどり》を留めている銀の簪《しん》を抜いた。公孫槐が殭屍であることは、以前から聞き知っていたからだ。

「もっと反抗してみるといい」

劉覇は相手の鳩尾《みぞおち》に拳《こぶし》をいれる。

しかし、公孫槐は笑みを見せただけだった。劉覇の腕をがっちりと掴むと、ひねり上げ、地面に座らせる。

「放せ」

「そういうわけにはいかぬ」

「放せ！」

男の気配が近づく。公孫槐は唇を劉覇の首筋の肌に落とした。それは一瞬のこと、牙《きば》が肉を破ると、赤い液体が滴った。自分の血であると気づいたのは、首についたったそれが、地を汚した後。

「美味《うま》い」

公孫槐は嬉々《きき》としてそれを飲み、自分の手首を食いちぎり、劉覇に自分の血を飲ませようとした。劉覇はそれを拒むも、血の気のない体では、なかなか抵抗しきれない。薄れる意識の間に数滴の殭屍の血を飲まされたように記憶している。しかし、銀の簪でその太ももを深く刺したのは確かだ。

「殿下！」

そこに兵士を連れた羌音がたまたま通りかかった。儀式が終わった公孫槐は、

「また会おう」

と言い残し、さっさと闇に消えたため、劉覇はその場にうち捨てられた。

「殿下。しっかりしてください、殿下！」

医官にもち米で傷口を清められ、応急処置をされた劉覇だったが、夜になれば赤い眼で生き血を求め、昼になれば寝台の中で丸くなって陽を避けていた。運がよかったのは、泰山で仙人の修行を続ける高老師が、たまたま長安にいたことだ。

請うて梁王府に迎えると、特別な治療をし、劉覇の命を救ってくれた。残念ながら、すでに公孫槐に血を分ける儀式を受けてから幾日も経っていたので、完全な形で人間に戻ることはできなかった。

そのことにどれほど劉覇が、絶望したか分からない。

それからというもの、木蘭とは絶縁することとし、高老師の住む泰山に伴われて道士の修行へと赴いた。想像を絶する鍛錬は、皇帝の息子として生まれた劉覇には苦痛であることが多かったが、殭屍への復讐《ふくしゅう》心と己を恥じる気持ちが修行へと駆り立てた。

道士となることを許され、長安に帰京したのは、ほんの一年前。

皇帝から無理やりとはいえ勅書を得て、殭屍と対峙《たいじ》することになったからだ。

劉覇は己の運命を呪った。

もし、自分が人であったならば、こんな形で許婚を追い返したりはしなかった。

失った物は多くあったけれど、木蘭の背中を見た時の喪失感は、耐えがたいものだった。

一度ぐらい、振り向いてくれるだろうかとしばし待ったが、彼女は許してくれないのだろう、こちらを見ることもなく、行ってしまった。

「木蘭」

彼の呟《つぶや》きが、吐息になった。

しかし、劉覇は今、彼女を追いかけることはできない。

今は半年かけて計画した殭屍討伐の指揮を執っている最中で、彼抜きにしてこの計画は成功し得ないからだ。

劉覇は心を強く持とうとした。

殭屍は皇帝を骨抜きにして、国を脅かしている。それを正すことは劉覇の使命だった。そしてなにより、彼には守らなければならない人がいる。

「木蘭、見ていてくれ」

劉覇は、北辰《ほくしん》を睨んだ。

8

北の空に浮かぶ星を見上げた木蘭は、自分が戻ったことを劉覇が知ったら、なんと言うだろうかと思った。

また冷たい言葉を投げかけられるかもしれない。

それでも木蘭はよかった。

なんと言われようと、彼を助けなければならないからだ。

遠くから兵士たちを鼓舞する鼓《こ》の音がする。戦のように角笛の音も天に轟《とどろ》いていた。

煙は風向きによってはこちらにも漂い、手巾《しゅきん》で口を覆わなければ、咳《せき》が止まらないくらいだ。羌音が咳《せ》き込む木蘭の背を撫でながら言った。

「木蘭さま、今からでもお逃げください。皇宮は大きな騒ぎになりましょう」

「逃げないわ。お願い、劉覇さまのところに連れて行ってください。きっと彼は死ぬ気よ」

「死ぬ気？　どうしてそんな風に思うのですか」

「劉覇さまは、すべての殭屍を殺すと言ったわ」

「はい、わたしもそのようにおっしゃっていたのを聞いております」

「羌宦官《かんがん》は、劉覇さまの側近なのでしょう？　なら劉覇さまの秘密は知っているはず」

「は、はい。あ、いえ。なんの、ことやら」

木蘭はしどろもどろになった羌音の二の腕を摑んだ。

「劉覇さまは、殭屍をすべて殺すことにこだわっていた。では、いったい最後の一人にどの殭屍を選ぶかは分かっているでしょう」

「あっ」

「わたしは止めなければならないわ」

「木蘭さま、どうしたら」

「わたしを劉覇さまのところに連れて行ってください。行って説得しなければならないわ」

「分かりました」

羌音は「こちらです」と今度は木蘭の腕を彼が摑《つか》んで引く。彼女はそして見た。鎧《よろい》を着けた劉覇が、天禄閣の高欄に手をかけて、掖庭殿の方を見ているのを――。

木蘭は、その階段を駆け上った。書庫である天禄閣を陣にして劉覇は戦うつもりなのだ。早くも兵士たちが、銀の矢と剣を携え、掖庭殿前に並んでいるのが、木蘭から見える。彼女は慌てて一番上の階へと出た。

「劉覇さま」

彼は窓際に一人立っていた。そして木蘭の姿に驚く。

「木蘭……なぜ。帰ったのではなかったのか」

劉覇は後ろにいた羌音を睨んだ。

「羌音、木蘭を都の外に逃がすように言ったはずだ。なぜ、ここにいる」

「もうしわけありません」

木蘭は羌音の前に立ってなだめる。

「劉覇さま、羌宦官を叱らないで。わたしが無理やり連れて来てもらったんです」

「帰れ、木蘭。俺は君に用はない」

「一人で戦おうとするのは酷《ひど》いです。冷たい言葉を言ったのもそのためなんでしょう？」

劉覇は口籠《くちご》もった。

「わたしはあなたを守りに来たんです」

木蘭がまっすぐに言う。

「俺は平気だ。君はここではなんの役にも立たない。逆に俺を危険に晒《さら》すだけだ。足手まといなのが分からないのか！」

「いいえ。わたしはあなたをあなたから守りに来たんです。決して役立たずではないわ」

劉覇がたじろぐ。内心を見透かされていたとは思わなかったのだろう。

「劉覇さま。あなたがなにを考えているか分かっている。あの時、わたしに姉を殺せと言ったのではなく、自分を殺せと言ったのでしょう？」

劉覇の顔が悲しみに歪《ゆが》んだ。

「今はやるべきことがある。話している場合ではない」

「いいえ。根本的な問題です。話さなければなりません」

「木蘭――」

木蘭は長身の劉覇を見上げる。

「人と殭屍《キョンシー》の違いはなんですか。魂魄《こんぱく》のうち、魄に問題のあった人のことを言うのですか。きっとそうではありません。化け物と人間の違いは、その良心にあるのです。姉は良心と本能のあいだで苦しんでいたように見えました。劉覇さまの人を助けたいという心は確かなもので、善良なる心を失ってはおられません。なぜ、ご自分を殭屍だと思われるのですか」

長い沈黙が続いた。

そして、劉覇は顔を上げる。

「木蘭……俺は食事をしない」

木蘭は秘密を吐露する許婚《いいなずけ》を見た。

「血を啜《すす》って生きている。人間と言えるのか」

「…………」

「君の血も喰《く》らいたい。その味がどれだけ甘美か、毎夜考えては眠れなくなることさえあるのだ」

「劉覇さま」

「さあ、戻れ。俺にはやらなければならないことがある。さもなくば、君を食い殺すだろう」

その時だ。男たちの怒声が聞こえた。

掖庭殿の方を見れば、兵士たちが門を越えて、その中に雪崩れ込んでいた。

対するのは、殭屍たち。

ただの人間が生ける屍《しかばね》と戦うのは、簡単ではない。劣勢とは行かなくても、怪力でほぼ不死身の二百体以上の殭屍と、数では勝っていながらも、身体的に弱点の多い人間では勝敗は見通せなかった。

「俺はもう行かなければならない。指揮を執るのは俺だから」

「なら、わたしの血を飲んでから行ってください」

木蘭が劉覇の袖《そで》を摑んで止める。

自分でもなにを言っているのか分からなかった。

「馬鹿なことを」

劉覇が一笑した。

「君はなにも分かっていない。殭屍にとって吸血がどういう意味を持つか」

彼の瞳《ひとみ》が蠱《こ》惑《わく》的に揺れた。

木蘭は一歩彼に近づき、首元を晒す。

「さあ」

「黎良人もそれで不幸せになった。君も同じ轍《てつ》を踏むというのか」

「許婚に献身するのは愚かなことではありません。そうでしょう？」

「吸血だけではなく、血を交わせば君だって殭屍になる。ぴょんぴょん跳ねる低俗な化け物に成り果てるんだ」

劉覇はそう言うと、激しく木蘭の肩を摑み、胸に引き寄せた。

彼の荒い息が、耳元にかかった。

いつも聖人君子を装う劉覇が、耐えがたい欲望に耐えているのだ。

「俺を試さないでくれ、木蘭。君には幸せになって欲しいのだ」

「ここで血を飲んでくれたなら、わたしはあなたを殭屍だと認めます。どう最期を迎えようとも立派だったと申します。わたしもお望み通り、幸せになりましょう。でも、そうしないのなら、必ず生きてください。殭屍たちを滅絶させてからも、人間として堂々と生きて欲しいのです」

劉覇の唇が木蘭の首筋をかすめる。

彼には迷いがあるようだった。血を啜るなどと脅しても、それが人間のものだとは劉覇は言っていない。獣の血を密《ひそ》かに飲んでいるのだと思われた。とはいえ、彼がかなり血を渇していているのは事実だった。彼は、木蘭の柔らかい首筋に接吻《せっぷん》し、肉にわずかに歯を立て、その弾力を確かめる。

それは甘美な苦痛だった。

木蘭の全身がざわめき、自分が女であったことを思い出す。

劉覇は血管を愛撫《あいぶ》すると、それを一気に強く嚙《か》もうとした。

「ダメだ」

しかし、すんでの所で彼は木蘭から身を離した。

「君から血を奪うことはできない」

「それなら、人として生きてください」

「……木蘭」

「あなたは化け物ではなかったと証明したのです。約束してください。自分を傷つけないと」

劉覇は重い沈黙を作った。

体をこわばらせ、剣の柄《つか》を握りしめたまま木蘭を凝視する。

「劉覇さまは殭屍ではなく、人間なのです」

目の前の人は木蘭の差し出す手をしばらく見つめていた。

彼はどれほど悩み続けていたのだろう。

一人、悩み、がんじがらめになって、出すべき答えを間違ってしまっていたのだ。

それを木蘭が正さなければならなかった。

劉覇は、自分に対して厳しすぎ、少しの汚点も許さない。でも――人とはそういうものではないか。皆、なにかしら悩みと秘密を抱え、汚い我が身を引きずって生きている。

しかし、劉覇は聡明《そうめい》な人だ。

自分の過ちに気づかない人ではない。

しばし、考え込んだ後、静かに高雅な顔《かんばせ》を上げた。

「君は正しいよ、木蘭。俺は殭屍ではない。人間だ。血を飲み、生きながらえることに後ろめたさがずっとあった。秘密を知る少数の人間は、俺を恐れ、俺もまた自分を恐れていたのかもしれない」

木蘭は彼の手を取る。

「約束してください。自分を傷つけないと」

「約束しよう。俺は人間として生きる。馬鹿なことは考えたりしない」

木蘭はその言葉に頬を緩ませて頷《うなず》いた。

「では行ってくる。君はここから見ていて欲しい。生きるために俺がどう戦うかを」

「はい。必ず」

劉覇は慎重に木蘭に近づくと、その頬に接吻した。冷たい唇は、緊張のためなのだろうか。それとも彼が半ば生きていないからなのか。どちらでも、木蘭は構わなかった。劉覇が劉覇であるだけで、それでよかったのだ。

「ご武運を」

「ああ。必ず戻る」

劉覇は武具を鳴らして階段を下りて行った。しかし、その足音はすぐに剣がぶつかる音にかき消される。

木蘭が、階下を覗《のぞ》けば、七体ほどの殭屍《キョンシー》がいるではないか。しかも高等の殭屍だ。意識があり、人と変わらない表情がある。そして恐ろしいほど美男美女ばかりだった。おそらく、神人こと公孫槐は自分好みの人間しか殭屍に変化させないのだろう。

長髪の男が、紫の衣をはためかせ、こちらに近づいて来た。木蘭は慌てて階段から離れ、書棚の間を縫って逃げる。しかし、殭屍は棚をなぎ倒してついてきた。足は尋常でないほど速く、若い女の生き血を欲しているのが分かる。

「木蘭！」

劉覇がそれを追いかけて再び階段を上がってきた。

窓から差し込む星彩《せいさい》に獰猛《どうもう》な肉食獣の瞳が光った。吐血した後のように唇が赤いのは、血を飲んだばかりだからか、それとも男も紅を塗っているからか。男とも女ともつかない妖艶《ようえん》な顔は息をのむほど美しい。

「気をつけろ、木蘭！」

木蘭は壁に阻まれ短剣を抜く。

棚が並び、狭い室内で動くには、長剣よりも短剣の方が有利だ。

木蘭は、襲いかかる美男殭屍をかわすと、劉覇にそれを預け、後から来た美女の殭屍に自ら跳びかかる。

相手がひるんだ隙に、横腹に剣を突き刺した。

肉を焼く臭いが鼻をつき、木蘭は剣を引き抜いた。

「劉覇さま！　首を！」

短剣で首を落とすことは不可能だ。

木蘭が叫ぶと、彼は自分が相手にしていた男の殭屍を足蹴《あしげ》にして倒し、女の殭屍の頭を一刀の下に斬り落とす。

木蘭は代わりに、蹴られた男の心臓を銀の短剣で刺した。

二人はぴったりと息が合っていた。そこに劉覇の配下の兵士たちが雪崩れ込んでくるが、部屋が狭すぎてすべては入れない。

「かかれ！」

外から声がして、一瞬窓の外を見ると、掖庭殿では兵士たちが増成舎攻めをしていた。銀の矢が星の光を集めて放たれては、殭屍を倒し、勇猛な兵士たちが怒号を上げて敵に立ち向かっている。

「小賢《こざか》しい！」

しかし、木蘭が一瞬、気をそらしたせいで、次に来た殭屍が、劉覇の首を摑《つか》んで怪力で握りつぶそうとするのを助けられなくなってしまった。

木蘭は助けに走りかけたが、別の女の殭屍が奇声を上げながら、嚙みつこうとしたので、肘《ひじ》をその顔に打ち付け、さっと身を引くほかなかった。

「あ!」

しかし、次の瞬間、殭屍が劉覇を窓から放り投げた。

ここは三階だ。

——まずいわ。

窓に木蘭は身を乗り出して下を見る。

しかし、彼はそのまま地に落下することなく、両腕を広げて飛ぶと、華麗に膝《ひざ》をついて着地し、二本目の剣をさっと抜いた。

殭屍の馬鹿力は、劉覇をはるかに凌《しの》ぐとしても、道士としての修行を積んだ劉覇は剣の技術と速さでそれを補うことができた。

「劉覇さま!」

「俺に構うな、木蘭。逃げろ!」

劉覇は地を蹴ると、殭屍の脇をすり抜けざまにその頭を切断する。

頭が飛び、月と重なった瞬間、白骨となった骸《むくろ》が灰になる。風が運び、きらきらと雪のように舞い散った。

木蘭は慌てて階段を下りた。

9

「劉覇さま！」

しかし、そこに現れたのは豪奢《ごうしゃ》な輿《こし》に乗った崔倢伃《しょうよ》だった。幽艶《ゆうえん》な微笑みさえ浮かべて、殭屍の宮女や宦官《かんがん》を従えていた。着ているのは、コウモリが月の下で羽ばたく群青の絹の衣で、蛇を象《かたど》った水晶の指輪が指を飾る。

「黎秋菊の妹か。あの女のことも目障りだと思っていたが、もう一匹いたとはな。なんとも不快な姉妹じゃ」

殭屍の女王は、耳をつく高い声で言った。

兵士たちが木蘭を守ろうと前に出るが、殭屍たちが立ちはだかる。崔倢伃は輿から木蘭に向かって飛び降りた。

「妾《わらわ》に刃向かおうとは無礼千万。息の根を今すぐここで止めてやる！」

牙《きば》を剝《む》きだして、木蘭の胸倉を摑もうとした。しかし、それより早く、彼女は飛び退《すさ》り、右手で短剣を構えると、伸ばしたもう片方で手招きして、崔倢伃を挑発する。

「どこからでも、かかって来てください。わたしは、黎家の仇《かたき》を討たせてもらいます」

「おのれ！」

黎家は建国の功勲を立てた武門の家だ。

世間に男勝りだと言われても、父の史成が木蘭に剣を許したのは、その矜持《きょうじ》からくる。もしもの時は、国のために家族一人残らず、皇帝陛下の盾となりお守りしなければならないという決意の表れだった。

木蘭は伊良亜にもらった巾着《きんちゃく》の中にもち米があるのを思い出すと、襲いかかる崔倢伃に投げた。顔がただれた崔倢伃は、「許さぬ！」と殭屍の赤い唇で罵《ののし》る。

「こちらこそ、あなたを許しはしません」

木蘭は仇を前に不思議なほど冷静な自分を見つけた。

怒りとか悲しみとかは、もうどこかに行ってしまって、残ったのは、正義感しかなかった。劉覇との出会いがそうさせたのかもしれない。

「今の言葉、後悔させてくれよう！」

崔倢伃が木蘭に嚙《か》みつこうとする。

木蘭はそれを避《よ》け、距離を取って、逃げ場を作ってから、攻撃に転じる。肩を斬り、腕を裂き、首を狙ったが、すぐに回復する崔倢伃にはなかなか致命傷を負わせることができない。

「お姉さま……」

崔倢伃の様子から、姉が殭屍の仲間になじんでいなかったどころか、恨まれていたのだ。公孫槐に気に入られたせいで崔倢伃の嫉妬《しっと》を買ったのだ。

木蘭は切なくなった。

皇帝の側室という身にもなじめず、殭屍となっても居場所がなかった秋菊の孤独はいかばかりだったか。頼りになるはずの愛する人は、おのれの欲望のためにしか、姉を求めず、顧みもしなかったとしたら……。

――お姉さま……どうかお助けください。木蘭は強くなりたいのです。

木蘭は飛びかかった崔倢伃に長い脚で回し蹴りを入れると、ひるんだその胸に飛び込んだ。姉にしたように馬乗りになる。しかし、人間の倍は腕力のある敵は、木蘭を押し返した。

木蘭がもう一度もち米を投げると、崔倢伃は目を奪われもだえた。その隙に短剣を振り上げる。しかし、それを再び避けられたばかりか、はね除《の》けられて、体が宙を浮く。

「木蘭！」

他の殭屍を片付けた劉覇が、地面に叩《たた》きつけられて呻《うめ》く木蘭に駆け寄り、立ち上がるのを助けてくれた。

「怪我は？」

「なんてことはありません」

「ご無事ですか」

後ろで戦っていた羌音も駆け寄り、木蘭に木でできた剣を差し出す。

「これは？」

「殭屍《キョンシー》は桃の木の剣を恐れる。これを使うといい」

劉覇が木蘭にそれを握らせる。

そこに、弓隊が現れて、「放て！」というかけ声とともに銀の矢を崔倢伃に喰《く》らわす。矢は、いくつかは崔倢伃の袖《そで》によってはじき返されたが、数本がその胸に刺さった。

「おのれ！　劉覇め！　公孫槐に殭屍にされたくせに、妾に楯突《たてつ》くとは無礼な！」

「崔倢伃、皇帝陛下を不老昇仙などとたばかり、多くの者を殭屍に変えたこと、大罪である。懿旨《いし》をもって、国賊を誅《ちゅう》してくれる！」

劉覇は黄色い巻物を高々と掲げて見せた。

「お前の弱点ぐらい、こちらとて心得ておるわ！」

崔倢伃は落ちていた銅剣を拾うと、劉覇に切っ先を向けた。しかし突然、向きを変えたかと思うと木蘭に襲いかかる。

桃の木の剣は、崔倢伃の頬を切ったが、相手の攻撃は速い。木蘭の袖を斬り、脚を狙う。木蘭は、桃の木の剣でぎりぎりを防いだ。しかし、とっさに避けようとして体勢を崩した。その瞬間、崔倢仔が、剣を木蘭の首筋に突きつける。

「剣を捨てよ。さもなくば、この娘を殺すぞ」

「…………」

劉覇は眉《まゆ》をつり上げ、全身から怒りを表した。

「木蘭を放せ！」

「これが、そなたの許婚《いいなずけ》とか。なかなか美味《うま》そうな血の匂いをさせているではないか。お前より先に味見させてもらおうか」

崔倢仔が高音で笑い声を上げ、木蘭の手首に女の牙が入ろうとした。木蘭は叫んだ。

「待って！　劉覇さま、お願い、剣を下ろして！」

木蘭は懇願する。

「お願い、劉覇さま。崔倢仔の言う通りにして」

魔物が愉快げに目を細める。

「そうだろう？　お前とて死にたくはないだろう。お前の代わりに許婚に死んでもらおうぞ」

「お願い、劉覇さま……」

「木蘭……」

戸惑う劉覇に木蘭は言った。

「五を数えます。その時までに剣を下ろしてください。いいですね？」

木蘭は真剣な眼差《まなざ》しで頷《うなず》いて見せた。劉覇が肩を落とす。

「分かった……剣を捨てよう。その代わり、崔倢伃、木蘭を必ず放せ。いいな」

「ふふふ」

いいとも悪いとも崔倢伃は言わなかった。ずる賢いこの女が、せっかくの人質を手放すはずはない。しかし、木蘭はゆっくりと五を数え始める。

「五、四、三、二、一」

一を言った時、木蘭と劉覇は目があった。

同時に、木蘭は髪に挿していた銀の釵《かんざし》を抜き取ると、崔倢伃の下腹を思いっきり刺した。そこへ、劉覇は剣を捨てるとみせて、崔倢伃に向けた。木蘭はすぐに頭を下げて、劉覇の行く手を空ける。

次の瞬間、崔倢伃の頭と胴が二つになった。

顔が崩れ、目玉が飛び出て、顔の半分に白骨が見える。コウモリが体から溢《あふ》れたかと思うと、逃げようとして夜空に飛び立つ前に灰になった。鮮やかな一撃だった。

「あああ！」

叫び声とともに、崔倢伃の体は足下から灰になり、頭蓋骨《ずがいこつ》が地に落ちた瞬間、それは骨の粉となった。留《とど》まる体を失った魄《はく》の青い炎は、黒い旗雲に消え、そこに残ったのは、崔倢伃《しょうよ》の絹の衣だけだった。金糸で描かれた牡丹《ぼたん》は朽ちて、栄華の終わりを告げていた。

「木蘭」

「劉覇さま」

二人は無事を確かめ合うと抱き合った。

見渡せば、多くの味方の兵士が傷つき、あるいは命を落としている。首があらぬ方向に折れて動かない者もいれば、殭屍のかみ傷のある者もいる。劉覇は言った。

「息のある者には、手当しろ。ない者の心臓に杭《くい》を打て！」

後方部隊が符を片手に現れて、倒れた兵士、一人一人に応急処置をする。

「殭屍になるのを防ぐには対処を遅らせてはならない」

劉覇は、木蘭の手のひらを握った。

「俺を信じてくれてありがとう、木蘭」

「わたしの言葉を理解してくださってありがとうございます、劉覇さま」

しかし、喜んでばかりはいられなかった。

未《いま》だ、皇帝は清涼殿にいる。神人が姿を現さないところをみると、清涼殿に隠れているに違いない。増成舎の地下室に忍び込んだ時、神人の棺《ひつぎ》らしきものは見当たらなかった。

「殿下、お召し替えを」

羌音が劉覇の官服を持って来た。劉覇は素早くそれを羽織ると、冠《かん》を被《かぶ》る。木蘭は、その紐《ひも》を結んだ。

「気をつけてください」

「そう思うなら、木蘭も一緒に来るといい」

「でも、清涼殿は皇帝陛下のおわす所です。わたしが入れるような場所ではありません」

劉覇が優しい目をした。

「女官なら入れないことはない。行こう。君にはちゃんと俺を見張っていて欲しいのだ。馬鹿なまねをしないようにね」

劉覇が木蘭の手を引き、天禄閣の門を出た。目指すは清涼殿。皇帝の夏の居所であり、現在、本来の政治の場である未央宮前殿に出ない皇帝のため、政治の中心部でもある。兵士たちも木蘭と劉覇を追う。

——まだ朝日は昇らないの？

一刻も早く日を見たいのに、未《いま》だ夜と朝の狭間《はざま》にあり、東の空は明るんでもいない。晨光《しんこう》を待ってからの行動の方が安全ではあるが、皇帝の御身《おんみ》を考えれば一刻も早く救い出さなければならなかった。

「急ごう、木蘭」

「はい」

木蘭たちが清涼殿の前庭に到着すると、数千の兵士がすでに集まっていた。

劉覇の姿に道を左右に空け、矛を地面に叩《たた》きつけて礼をする。

すると、宮殿の階段下に重臣たちが揃いの官服を着て、居並んでいるのが見えた。

そのうちの一人がこちらを見、劉覇に拱手《きょうしゅ》した。

「殿下」

黒髭《くろひげ》の壮年の男はたしか丞相《じょうしょう》のはず。木蘭の家にも一度、来たことがあるので覚えている。劉覇は剣を羌音に預けると丁寧に拱手を返した。

「湖《こ》丞相、準備は整いました。陛下に拝謁いたしましょう」

「では、殭屍の始末はついたのですね」

「崔倢伃は灰と化しました。ただ、神人はまだ清涼殿内にいると思われます」

「中に入るのは、危険ではありませんか」

「危険を冒さなければ、結果は得られないでしょう。銀の鎧《よろい》と銀剣を持った兵士たちも連れて行きます。危険と察したら、丞相たちはすぐにお逃げください。しかし、陛下への諫言《かんげん》は丞相たちを欠いてはできません」

他に方法がなかった。

剣の代わりに翡翠《ひすい》の笏《しゃく》を持ち、劉覇は居並んでいる臣下たちに低い声で言った。

「陛下をお諫《いさ》めできるのは、私たちだけだ。何があっても恐れずについてきて欲しい」

「はい、殿下。どこまでもお供いたします」

全員が深々と頭を下げる。武官も命を賭《か》けて戦っているが、文官も腹をくった。

「諸卿《しょけい》の賛同、大変心強く思う」

木蘭は重臣たちと共に清涼殿の中に足を踏み入れる。回廊の金の柱には、金の建具があり、青銅の燭台《しょくだい》は鬼火が燃え、悲しげな笛の音とともに、笑い声さえ聞こえてくる。

その華美な設《しつら》えにため息が出る木蘭だったが、同時に掃除が行き届いていないのか、埃《ほこり》っぽさを感じ、回廊に活《い》けられている蘭はすっかり花を落としていた。

そこに楽の音色が聞こえる。

「どうやら陛下は、また宴《うたげ》を催されているようだ」

劉覇が怒りを秘めた言葉を呟《つぶや》いた。

彼が足を止めた広間の扉には古来幸運をもたらすというコウモリと瑞雲《ずいうん》が描かれている。その前に立つ皇帝に仕える宦官《かんがん》は、震えながら、劉覇と重臣たちが中に入るのを拒んだ。

「恐れながら、誰も入れるなとの皇帝陛下のご命令でございます」

「どけ。申し上げなければならないことがある」

劉覇はそれを乱暴に押しのけて戸を開けさせた。

しかし、すぐにその体が硬直し、勢いよく敷居を跨《また》ごうとしていた足を止める。

「これは――」

瑠璃《るり》の帳《とばり》が妖《あや》しく揺れる部屋の向こうでは、舞姫たちが十人ばかり西域の舞を披露していたのはともかくとして、黄金の玉座の前に十字に磔《はりつけ》になった宮女が血を流しながらぐったりとしているのは、身の毛もよだつ光景だった。

鮮血の滴る先に、金の杯があり、星を描いた天文図がその足下に朱色の墨で描かれている。

「何事じゃ」

かすれた声がした。

白髪交じりの老人が、玉座の前に立っていた。

――皇帝陛下だわ。

皇帝は深酒しているようで、襟がはだけ、呂律《ろれつ》が回らない。金糸の衣は、斜めにずれ、引きずる裾《すそ》を踏んで転びそうになる。髭の整えられていない口でしゃっくりを繰り返し、瞳《ひとみ》は虚《うつ》ろ。どうみても正気とは思えなかった。

「皆で集まってなにを言いに来たのじゃ」

「皇后陛下のご命令で、奸臣《かんしん》の公孫槐を誅《ちゅう》しに参りました、父上」

劉覇が言うと、ぎょろりとした目を皇帝は彼に向ける。劉覇は跪《ひざまず》き、紐を結び直して冠を正す。重臣たちもそれに倣って膝《ひざ》をついた。しかし、その様子は、皇帝には息子と重臣が結託して自分に対抗していると見えたのだろう。眉《まゆ》をつり上げた。

「公孫槐をだと？ 神人をどうしようというのだ」

「はい。公孫槐は陛下を惑わす大罪を犯しました。その罪は万死に値します」

「公孫槐は忠臣だ。我が身を不死にし、仙界へと導こうとしている」

「公孫槐は異国の殭屍《キョンシー》です。死人を喰《く》らい、魂《こん》を奪い繁殖しているのです、陛下」

劉覇が努めて穏やかに言うが、皇帝は聞いてはおらず、左右を見回した。

「崔倢伃はどこにいる？」

「崔倢伃は皇后陛下から死を賜りました」

皇帝陛下は、それにかっと目を見開くと、袖《そで》をふるって怒鳴った。

「勝手にどういうことか！」

「崔倢伃は公孫槐と通じたばかりか、後宮に男を入れて宴を夜な夜な開いておりました。これは陛下に対する反逆です。必要なら、証人をここに連れて来ましょう」

「う」

皇帝が崩れるように床に座り込み、言葉にならぬなにかをぶつぶつと呟いた。恥じるべき崔倢伃《しょうよ》の行為をこの老人は知っていたのかもしれない。

そして天子は血の入った杯を呷《あお》る。唇からそれが漏れて、鬚《ひげ》の生えた顎《あご》を汚す。劉覇は立ち上がって迫った。

「陛下、ご裁可を」

「……………」

皇帝は彩色が施された梁《はり》を見上げた。目は焦点が定まらず、見えないなにかを追いかけて手を伸ばして彷徨《さまよ》わせる。酒の飲み過ぎか、はたまた怪しげな薬を飲まされたのか、手が小刻みに震えていた。

「陛下」

これが皇帝なのかと木蘭は思った。

国土を広げた君主として知られ、父の黎史成が崇めていた人物が、こんな風に変わり果てるとは。劉覇も父の姿に心を痛め、動揺を隠せていなかった。それでも、目配せし、あらかじめ用意していた勅書に玉璽を押させる。手を支えたが老人は抵抗しなかった。すでにこれは臣下と皇后の総意なのだ。皇帝とて、覆すことはできない。

「皇帝陛下は聖明なり。皇帝陛下、万歳、万歳、万万歳！」

劉覇が跪いて手にしていた笏を立て、張りのある声で言えば、重臣もそれに倣って声を上げた。ただ、それは皇帝に届いているようには見えず、老人は力なく立ち上がると、ふらふらと部屋を出て行く。

「散会」という宦官の高い声ばかりが、広い部屋に響き渡った。

「木蘭」

劉覇が戸口にいた彼女を振り返る。

「あの宮女の手当を頼む。俺は公孫槐の棺《ひつぎ》を探す」

「はい、承知しました」

旭日《きょくじつ》が、赫々《かくかく》と昇り始めていた。重臣たちが出て行くと、戸が開け放たれ、朝日は斜めに部屋に差し込んだ。その一筋が、宮女を照らした。

「まだ殭屍ではないわ！」

日の光を浴びて無事なら問題ないだろう。皇帝付きの太医《たいい》が近寄り、血止めの処置を木蘭に代わって施してくれた。

「棺をこちらに置け！」

武官の声がして、木蘭は慌てて戸の向こうに走る。ちょうど兵士たちが、符の貼られた黒い棺を背負って宮殿前の階段を下りていくところだった。劉覇は、棺がゆっくりと前庭の真ん中に置かれるのを見つめている。

「棺に火を放て」

夏の朝の陽は力強く降り注ぎはじめていた。青い空は澄み切り、白雲の一つさえない。静寂があたりを包んでいる――。

黒漆の棺は金で装飾され、異国の文字が書かれていた。丹桂《きんもくせい》の香りが棺からし、鼻を刺激する。「神人」などと呼ばれ、殭屍の王として君臨した公孫槐のものに間違いないだろう。

「やれ」

兵士たちがゆっくりと松明《たいまつ》を棺に向ける。

燃えやすいように、薪《まき》がくべられ、油が注がれる。

どす黒い煙がもくもくと天高く昇って行き、白い陽を遮るほどだった。

やがて棺は形を成さず崩れ落ち、その灰は宮殿の陰を這《は》うように消えた。誰もその間、一言も口をきかなかった。

「終わった……」

棺が完全に形を失って、劉覇が呟いた。

ある者は脱力し、ある者は歓喜の声を上げる。木蘭もまた長い息を吐いて安堵《あんど》した。

ところが。

一瞬、空が暗くなったかと思うと、先ほど消えたはずの黒い灰が大波となって日輪を覆った。そして旋風とともに渦を巻いて猛烈な速さで劉覇に襲いかかる。

「来い！」

らす。

劉覇は翡翠《ひすい》でできた笏《しゃく》を構え、それを斜めに斬った。風が二つに割れ、突風をもたらす。

「あっ」

木蘭の声が響くと同時に、灰の塊はその左右を通り過ぎた。彼女は袖で顔を隠して目を守った。

「木蘭」

どれくらいそうしていたのだろう。

うずくまっていると、劉覇の声がした。そっと木蘭が、目を開けて周囲を見れば、皆、立ち上がっているところで、散った灰は燦々《さんさん》と注ぐ太陽に焼き尽くされ、その形さえ失っていた。

「もう殭屍はいない」

「本当に？」

「ああ。本当だ」

劉覇が差し伸べた手を木蘭は取る。彼の手はいつもより温かであったように思うのは気のせいだろうか。微笑む笑顔も、ずっと優しかった。木蘭はそんな彼に抱きついた。恐怖と仇討《かたきう》ちからの解放感に、人目も憚《はばか》らずに泣きじゃくる。

「大丈夫だ、木蘭。もう大丈夫だ」

彼は洟《はな》をすする許婚《いいなずけ》の髪を撫《な》でてくれた。

やがて落ち着いた木蘭はそっと顔を上げる。劉覇がもう一度言う。

「大丈夫だよ。もうどこにも殭屍はいない」

それは、劉覇が、自分自身を殭屍とは思っていないということだ。

木蘭は頷《うなず》き返し、階段の向こうにある巨大な宮殿に向けて長い睫《まつげ》を上げた。屋根の上にいた大量の烏の姿はもうなく、代わりに甍《いらか》が太陽の光を反射して銀色に輝いていた。

木蘭は煌《きら》めく太陽に手を伸ばした。

夏の終わりが近づいている。

木蘭は、静かに日が昇っていくのを眺め、朝の空気で肺をいっぱいに満たした。

「お父さま、お兄さま、お姉さま。木蘭は仇《かたき》を討ちました」

家族に会いたい。

家に帰りたい。

木蘭は安堵して急に母が恋しくなった。

「よくやりましたね、劉覇」

そこに現れたのは、母とあまり年の変わらない晏皇后だった。

10

皇后は、黄金の冠を輝かせ、優雅に階段をこちらに向かって下りて来た。相変わらず自信溢《あふ》れる美人だ。

「恐れ入ります、陛下」

皇后の視線が、劉覇の後ろにいた木蘭に留まった。

「木蘭もご苦労でしたね」

その言葉はおそらく、劉覇を自害に追い込むのを止めたことへの労《ねぎら》いだろう。木蘭は答える。

「もったいないお言葉です、皇后陛下」

「覇にはいずれ褒美をつかわすつもりですが、木蘭、そなたはなにか欲しいものはありますか。遠慮なく言うとよろしい」

木蘭は少し考えた。

欲しいものなどない。

黄金にも興味がないし、身分が上がれば面倒だ。木蘭は断ろうと思った。しかし、門のところで待っているはずの伊良亜が、心配そうにこちらを見る姿を捉《とら》えると、木蘭は意を決して顔を上げる。

「お願いがあります」

「よろしい。聞きましょう」

「わたしには親友に伊良亜という宮女があります。知恵があり、人情があり、今回のことでもわたしの力になってくれました。伊良亜は西域の生まれで、国に帰りたいと願っています。どうぞ帰国をお許しください」

皇后は扇をもてあそびながら少し考え、伊良亜を近くに呼んだ。

「その願いをすぐに叶《かな》えてやりたいが、異族との間で戦が今は絶えません。許したとて、宮女が一人、国に帰れるとは思いませんね」

まったくその通りだった。

道中には、異族の兵がいるだけでなく、人さらいや、山賊も多いだろう。沙漠《さばく》があり十分な水や食料を持っていかなければ、野垂れ死ぬかもしれない。

「しかし」

皇后が言葉を続けた。

「西域にいずれ使者を送る時が来るでしょう。その時に共に旅することを許しましょう。それなら安全に帰国できます。どうですか、木蘭」

「感謝します！　皇后陛下！」

「それまではその宮女をあなたに預けましょう。後宮から出してあなたに仕えさせるといいでしょう」

木蘭は顔を明るくし、伊良亜を見た。彼女は涙して顔を石畳に伏せていた。自分のために願いを使うことは簡単だが、伊良亜の涙を見れば、木蘭は正しい選択をしたことが分かる。

「木蘭さま」

皇后が去り、木蘭と劉覇だけになると、伊良亜が抱きついた。青い目は涙に濡《ぬ》れ木蘭を見る。

「感謝いたします」

「よかったわね」

抱き返して言えば、異国の人はこくこくと胸の中で頷いた。

「生きているうちに国に帰れるとは思ってもみませんでした」

「きっとあなたが話してくれた草原が待っているわ」

「はい。きっと今も美しい姿のままでしょう」

生まれた場所とはそういうものだ。心が帰る地であり、懐《おも》わずにはいられないほど、美しい——。

「母上が、未《ま》だ門のところで君を待っているという知らせがあった」

劉覇が言い、後ろの羌音が木蘭に向かって頭を下げる。

思い返せば、文一枚残して、家を出たきりだ。しかも帰ると言って迎えに来てもらいながらもまた皇宮に引き返したのは、親不孝の極みだった。

どれほど心配させたことだろう。

夫と息子、そして長女を失った母の心をちっとも顧みず、ただ勢いのままに行動していた己を木蘭は深く恥じた。

「母に謝らなければなりません」

「きっと許してくださるから、謝った方がいい」

木蘭は頷く。

「行ってきます」

「ああ」

木蘭は伊良亜を連れて走り出した。

まだ母がいるという直城門へと急ぐ。

「お母さま！」

門の前には、侍女とともに座り込んでいる母がいた。すっかり年をとったように見えるのは、髪が乱れ、顔がやつれたせいだけではない。心労が、彼女を大きく変えたのだ。木蘭は走り寄ると母を抱きしめた。

「ごめんなさい、お母さま、ごめんなさい！」

「木蘭！　ああ、木蘭！　皇宮に火の手が見えてどんなに心配したことか！」

「もう大丈夫です」

母は木蘭の肩を持つと、その目を見た。

「秋菊を捜し出してくれて、本当にありがとう」

「いいえ……わたしは、謝らなければなりません。お姉さまを迎えに行くと言って出かけたのに、一緒に帰ることができなくて」

母は木蘭の髪を撫でる。

「あなたが悪いのではありません。遺品を届けてくれた宦官《かんがん》に事情は少し聞きました。秋菊は秋菊の運命を生きたのです。最期はあなたに味方し、天に背くことなく亡くなったのです。本人も本望だったことでしょう」

「お母さま……」

「だから木蘭もあなたの生きる道を行きなさい。父上も兄上もまたそれを望んでいることでしょう」

「はい」

木蘭の選んだ道を母は肯定してくれた。

それだけで目頭が熱くなる。

「家に帰っていいですか、お母さま」

「もちろんです、木蘭。あなたの帰る場所は私たちの家しかないのです。あなたの好きな肉汁も用意させてありますよ」

「お母さま……」

木蘭は袖《そで》で涙をゴシゴシと拭《ぬぐ》うと笑顔を作った。そして後ろにいる伊良亜を母に紹介する。母は見たことのない異族の娘に少し戸惑いを見せたが、伊良亜がこの国の言葉を解すると知ると安堵《あんど》してその手を握る。

「苦労したことでしょう」

「いえ……」

「伊良亜さん、皇后陛下がお許しくださったなら、我が家にどうぞおいでください。お国に帰る日まで家族として迎えましょう」

「ありがとうございます、夫人」

伊良亜がお辞儀した。

11

姉、秋菊の葬儀が行われたのは、それから四日後のことだった。都の郊外の黎家の領地で葬儀は小規模で行われることになった。木蘭は、鈍色《にびいろ》の空の下、父と兄の葬儀以来の白い麻の喪服を着、その埋葬に立ち会った。

「棺《ひつぎ》には、姉が大切にしていたものを入れたんです」

参列者の中に許婚《いいなずけ》の劉覇を見つけると、木蘭はそう小声で言った。

秋菊が死んだのは、殭屍《キョンシー》と兵士との間の争いに巻き込まれたからということになっている。身内以外、彼女が殭屍だったという事実を知らないのだ。木蘭はせめて姉を立派な皇帝の側室として送り出してやりたかった。だから遺体のない棺に思い出の品を詰めた。

「姉は女ながらに官吏になるのが夢でした。後宮に入りたいと言ったのも自分からで、一族の期待に応《こた》えようとしていたんです」

劉覇が頷《うなず》く。

「黎良人は責任感の強い方だった」

「恋は実らなかったけれど、姉は自分らしく生きたと思います。劉覇さまのことをお手伝いし、殭屍退治の一翼も担いました。皇后陛下は正史に姉の名と功績を刻むように史官にお命じになったので、永遠にこの国の記憶に留《とど》められることになります」

劉覇が優しい視線を木蘭に向け、彼女もまた彼を見る。

「劉覇さまのおかげです」

「黎良人は自分を貫き、俺たちに教訓を残してくれた。それに従うのが、俺たち、残された者の務めだろう」

「姉の友人だった張八子からも心のこもった姉の死を悼む文を頂きました。姉も喜んでいると思います」

棺は穴の中にゆっくりと納められる。

墓石の後ろに立てられた白い旗が、風もないのにはためいて、天翔《あまがけ》る青い魄《はく》がその間を飛び立つのが木蘭にも見えた。ずっと遠く、地平線に消え、やがてそれは、大地の一部となることだろう。

「少し、歩かないか」

「はい……」

小川があり、細い柳の木がある。

二人はそこに並んだ。

木蘭は指先を弄《もてあそ》んだ。

劉覇も咳払《せきばら》いをする。

ぎこちないのは、なにを話していいのか分からないからだ。

殭屍がいたときは、いつも殭屍の話をしていた。いなくなってから考えてみれば、互いのことをよく知らないのだ。

なにが好きで、普段、暇な時はなにをしているか。今更、殭屍の話題を出すのは無粋だし、喪中であるので話題は慎重に選ばなければならなかった。

木蘭が困っていると、劉覇が先に口を開く。

「衛宮女のことを気にしていたな」

「はい。衛詩は幼いので、わたしがいないと心配なのです」

「衛宮女は元気だ。家を助けるために後宮での奉公を続けたいようだから、羌音にも目をかけるように言ってある。分別がつく年になれば女官になれるように俺から皇后陛下に口添えしよう」

「感謝します、劉覇さま」

木蘭は膝《ひざ》を折ってお辞儀をした。すると、それを劉覇が止める。

「俺たちの間に礼は不要だ」

「でも」

「それより、感謝している」

「なにをですか」

「殭屍を退治することに協力してくれたこと。俺を人間だと言ってくれたこと。木蘭がいなければ、今、ここに俺はいない」

木蘭は首を振った。

「わたしは劉覇さまに生きていて欲しかっただけです」

「しかし、中途半端に生きる俺の妻になるのはよいことではない」

劉覇が、悲しげに微笑する。その後れ毛が風に攫《さら》われた。

「まだそのようなことを言っているのですか」

「しかし、事実だ。俺が責任をもって皇帝陛下に婚約の破棄を申し入れ、君の評判は落とさない」

木蘭は劉覇を睨《にら》んだ。

「女心が分かってらっしゃらないのですね」

「…………」

「劉覇さまだから、助けたかったのです。どうしてそれを分かってくださらないのですか」

「木蘭――」

木蘭は一歩近づいた劉覇の胸を片手で押した。

「葬儀に戻らなければなりません。母がきっと捜しています」

「木蘭」

木蘭はする必要のないと言われた礼をすると、踵《きびす》を返す。

「木蘭！」

彼はもう一度、彼女の名を呼んだ。

劉覇の気持ちは分かっている。未《いま》だに血を啜《すす》って生きる自分を許せずにいるのだ。正義感が強く、道士としての修行も積んでいるからこその罪の意識だった。しかし、それを抱いて彼は、永遠に生きることができない。劉覇は人間として生きることを決断したのだ。

「木蘭！」

だから、再び彼は選択を迫られていた。

木蘭を取るか、あるいは自分の罪悪感を取るかだ。

劉覇が木蘭を選ばず、後生大事に罪悪感を抱きしめて暮らすというのなら、どうしてこれ以上話をする必要があるのだろう。姉の遺言通り、天に恥じぬ正しい道を歩むと木蘭は決めているのだから、振り返る必要はない。

「すまない。本意ではなかった」

しかし、背を向けた木蘭を劉覇が後ろから抱きしめた。強い腕の力に離れがたい思いが込められていて、木蘭の胸はドキンと跳ね上がり、そしてすぐに締め付けられた。

「本意ではなかった。ただ——自分に自信が持てなかった。木蘭の前だとなぜか不安でならなくなるのだ」

「劉覇さま……」

殭屍に対する劉覇は揺るぎなく強かった。しかし、恋を前にすると、どうしてこうも臆病《おくびょう》になるのだろう。でも、それはきっと彼が人だから。無敵の人間などこの世にいない。木蘭の中にもある臆病な自分を奮い立たせた。

「わたしも不安になります。劉覇さまのことを誰よりも大切に想っているから、破談などと言われるとわたし……とても傷つきます」

「すまない……」

劉覇の腕の力がさらに強くなった。

「手を離すのが、君を幸せにする唯一の道だと思っていた。でも、俺は欲張りになってもいいのだろうか」

「それが人というものです。劉覇さまは容姿もよく、文武に優れていて完璧《かんぺき》に見えるけれど、やっぱりそういうところが人間です。複雑な感情を持っていて、正義感と葛《かっ》藤《とう》している」

「それが人か……」

劉覇が空を仰いだ。

「はい。それが人間です」

木蘭は自分の言葉が胸に染み入るのを感じた。

「そんな風に迷う劉覇さまが、とても素敵なのです。本能ではなく、理性で生きている」

「そうか――」

「はい。豊かな表情をしておられます。殭屍《キョンシー》のあの冷酷な獣の顔とは違います」

木蘭は向き直って、彼を見上げる。彼もまた微笑んで見下ろしていた。

再会した当初は、美男だが、感情があまり読めない顔をしていた。秘密を抱えていたための鎧《よろい》であることは、今なら分かる。

「顔を見たい。時折、逢《あ》いに家を訪ねることを許してくれないだろうか」

「もちろん、いつでもお越しください、お待ちしております」

「そうしよう」

ゆっくりと彼の顔が近づき、木蘭の額に接吻《せっぷん》した。逸《はや》る男心を精一杯抑制した口づけで、込められた愛《いと》しさであれ、謝罪の念であれ、劉覇の木蘭への想いを言外に素直に表したものだった。

「劉覇さま……」

唇が額から離れると、木蘭は真っ赤になって目を伏せた。劉覇の顔を見ることすらできなかった。

「戻ろうか。母上が心配している」

「はい……」

手を引かれ、来た道を引き返す。木蘭は、ちらりと許婚《いいなずけ》を見た。彼の頬もまた赤い。木蘭はこっそり微笑み、そして顔を上げた。

「競走です、劉覇さま。墓まで走りましょう」

「競走？」

「さあ！」

ぱっと彼から手を離すと、木蘭は草の生い茂る山道を走り出す。劉覇が慌ててそれを追いかければ、振り向いた彼女は、蒼天《そうてん》を映す水たまりを、軽やかに跳び越えた。

本書は書き下ろしです。

後宮《こうきゅう》の木蘭《もくらん》

朝田小夏《あさだこなつ》

令和２年　9月25日　初版発行
令和６年　11月30日　４版発行

発行者●山下直久

発行●株式会社KADOKAWA
〒102-8177　東京都千代田区富士見2-13-3
電話　0570-002-301（ナビダイヤル）

角川文庫 22340

印刷所●株式会社KADOKAWA
製本所●株式会社KADOKAWA

表紙画●和田三造

●お問い合わせ
https://www.kadokawa.co.jp/（「お問い合わせ」へお進みください）
※内容によっては、お答えできない場合があります。
※サポートは日本国内のみとさせていただきます。
※Japanese text only

ISBN 978-4-04-109961-2　C0193

角川文庫発刊に際して

角 川 源 義

第二次世界大戦の敗北は、軍事力の敗北であった以上に、私たちの若い文化力の敗退であった。私たちの文化が戦争に対して如何に無力であり、単なるあだ花に過ぎなかったかを、私たちは身を以て体験し痛感した。西洋近代文化の摂取にとって、明治以後八十年の歳月は決して短かすぎたとは言えない。にもかかわらず、近代文化の伝統を確立し、自由な批判と柔軟な良識に富む文化層として自らを形成することに私たちは失敗して来た。そしてこれは、各層への文化の普及滲透を任務とする出版人の責任でもあった。

一九四五年以来、私たちは再び振出しに戻り、第一歩から踏み出すことを余儀なくされた。これは大きな不幸ではあるが、反面、これまでの混沌・未熟・歪曲の中にあった我が国の文化に秩序と確たる基礎を齎らすためには絶好の機会でもある。角川書店は、このような祖国の文化的危機にあたり、微力をも顧みず再建の礎石たるべき抱負と決意とをもって出発したが、ここに創立以来の念願を果すべく角川文庫を発刊する。これまで刊行されたあらゆる全集叢書文庫類の長所と短所とを検討し、古今東西の不朽の典籍を、良心的編集のもとに、廉価に、そして書架にふさわしい美本として、多くのひとびとに提供しようとする。しかし私たちは徒らに百科全書的な知識のジレッタントを作ることを目的とせず、あくまで祖国の文化に秩序と再建への道を示し、この文庫を角川書店の栄ある事業として、今後永久に継続発展せしめ、学芸と教養との殿堂として大成せんことを期したい。多くの読書子の愛情ある忠言と支持とによって、この希望と抱負とを完遂せしめられんことを願う。

一九四九年五月三日

宮廷神官物語 一

榎田ユウリ

何回読んでも面白い、極上アジアン・ファンタジー

聖なる白虎の伝説が残る麗虎国《れいここく》。美貌の宮廷神官・鶏冠《けいかん》は、王命を受け、次の大神官を決めるために必要な「奇蹟の少年」を探している。彼が持つ「慧眼《えげん》」は、人の心の善悪を見抜く力があるという。しかし候補となったのは、山奥育ちのやんちゃな少年、天青《てんせい》。「この子にそんな力が？」と疑いつつ、天青と、彼を守る屈強な青年・曹鉄《そうてつ》と共に、鶏冠は王都への帰還を目指すが……。心震える絆と冒険を描く、著者渾身のアジアン・ファンタジー！

角川文庫のキャラクター文芸

ISBN 978-4-04-106754-3

ISBN 978-4-04-109404-4

鬼恋綺譚

流浪の鬼と宿命の姫

沙川《すなかわ》りさ

共に生きたい。許されるなら。

薬師の文梧《ぶんご》は白皙の青年・主水《もんど》と旅をしている。青山《あおやま》の民が「鬼」に変異し、小寺《こでら》の民を襲い殺すようになって30余年。故郷を離れ逃げ惑う小寺の民を助けるのが目的だ。一方、遡ること今から3年。小寺の若き領主・菊《きく》は、山中で勇敢な少年・元信《もとのぶ》に窮地を救われる。やがて惹かれ合う2人を待っていたのは禁忌の運命だった。出逢ってはいけない者たちが出逢う時、物語は動き始める。情と業とが絡み合う、和製ロミオとジュリエット！

角川文庫のキャラクター文芸

ISBN 978-4-04-109204-0

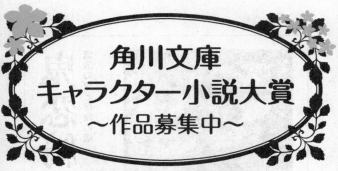